HISTOIRE

DU

PÈLERINAGE

DE

N.-D. DE VASSIVIÈRE

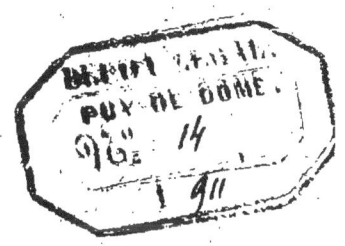

CLERMONT-FERRAND

IMPRIMERIE MODERNE, A. DUMONT, DIRECT[r]

15, Rue du Port, 15

—

1910

PÈLERINAGE

DE

NOTRE-DAME DE VASSIVIÈRE

HISTOIRE ILLUSTRÉE

DU

PÈLERINAGE

DE

N.-D. DE VASSIVIÈRE

CLERMONT-FERRAND

IMPRIMERIE MODERNE, A. DUMONT, DIRECT

15, Rue du Port, 15

—

1910

Nihil obstat
Claromónti, die 1° Fedruarii 1910
P. RAYNAUD,
Censor.

Imprimatur
Claromonti, die 2° Fedruarii 1910
J. BRUNEAU,
Vicarius generalis.

Procession vers l'autel de la montagne   (Cl. abbé GUITHARD).

L'Histoire du Pèlerinage de Notre-Dame de Vassivière a été écrite à cinq réprises. Les quatre dernières publications ne sont qu'une reproduction ou une adaptation de la première.

Celle-ci fut composée par le P. Coyssard, jésuite, né à Besse, le 27 septembre 1547, professeur, puis directeur en plusieurs collèges, mort à Lyon, le 10 juillet 1623. Elle fut publiée sous ce titre : *Abrégé de l'histoire et miracles très-bien averez de N.-D. de Vassivière, près du Mont d'Or, en Auvergne, à une lieüe de Besse : le tout fidèlement tiré des mémoires authentiques de M° Jean Cladière, notaire juré en l'officialité de Clermont, envoyez à Lyon, au R.P.M.C.J.*, à Lyon, chez Louis Muguet, rue Mercière, en 1615.

Le livre du P. Coyssard est devenu très rare, et le savant M. Jaloustre, auteur de la cinquième histoire, déclare qu'à sa connaissance, il n'en subsiste que deux exemplaires : l'un en Auvergne, l'autre dans le Lyonnais. Les bibliothèques publiques à Paris et à Clermont ne possèdent point cet ouvrage.

L'occasion qui décida la publication de l' « Abrégé » fut l'enquête faite le 2 juillet 1609, par Jean Cladière. Une seconde enquête fut ordonnée en 1641 par Joachim d'Estaing, évêque de Clermont ; une troisième en 1648. Les résultats en furent consignés par dom Jacques Branche, dans sa « Vie des Saincts et Sainctes d'Auvergne », publiée en 1651.

La seconde Histoire du Pèlerinage de N.-D. de Vassivière fut écrite par Dom Cladière, bénédictin de la Congrégation de St-Maur, né à Besse en 1656, profès le 21 juillet 1677 dans l'abbaye de St-Augustin de Limoges, mort dans celle de St-Jean-d'Angély, le 23 septembre 1720. Elle était intitulée : *Histoire de la Sainte Chapelle de Notre-Dame de Vassivière, près du Mont-d'Or, en Auvergne*, et fut imprimée à Clermont, chez Damien Boujon, imprimeur, à l'image de St Jean l'Evangéliste, devant le Palais. Elle contient tous les miracles narrés par Coyssard, ceux qui sont rapportés par

Jacques Branche, et ceux qui s'étaient produits de 1648 à 1688.

L'ouvrage de Cladière a été réimprimé à Clermont, chez Veysset, en 1839, par les soins de M. Antoine Floret, curé de Besse, et de Mlle Marie Admirat, bailesse et donatrice de la Chapelle de Vassivière. On le trouve chez beaucoup de particuliers.

En 1862, la librairie H. Plon édita un ouvrage de M. le curé de St-Sulpice intitulé : *Notre-Dame de France ou Histoire du culte de la Ste Vierge en France.* Le deuxième volume consacre 33 pages (161-193) à Notre-Dame de Vassivière ; c'est le résumé des Histoires ci-dessus.

La troisième histoire du Pèlerinage de Vassivière fut composée à la demande de M. Esbelin, curé de Besse, par M. Chaix, curé de St-Germain-Lembron, plus tard archiprêtre de la cathédrale de Clermont. Elle fut éditée chez Ferdinand Thibaud, en 1869. Elle existe encore en librairie.

La quatrième, publiée sous ce titre : *Un Sanctuaire sur les Monts d'Auvergne,* Librairie Poussielgue, 27, rue Cassette, à Paris, est l'œuvre d'un enfant de Besse, M. l'abbé Brassier, ancien professeur au Petit-Séminaire de Versailles. C'est le récit oratoire de l'œuvre des curés de Besse de 1801 à 1860, et le résumé de l'histoire de Vassivière.

La cinquième, intitulée : *Origines et histoire du Pèlerinage de Notre-Dame de Vassivière,* a été publiée à Brioude, chez A. Watel, en 1891. Elle est l'œuvre d'un auteur qui a voulu rester ignoré, mais que le souci de l'histoire et la reconnaissance nous font un agréable devoir de nommer : M. Elie Jaloustre, le savant paléographe, l'infatigable chercheur qui a enrichi de nombreuses découvertes l'histoire de notre province.

Cette édition fut rédigée à l'instigation de M. Roche, curé de Besse. Elle est épuisée ; nous la rééditons aujourd'hui en lui faisant subir quelques variantes et en y ajoutant un petit guide du Pèlerin et du Touriste. Une illustration modérée la mettra en harmonie avec le goût moderne.

Nous aurons terminé la Bibliographie quand nous aurons indiqué les diverses brochures parues au cours du XIXe siècle, soit à l'occasion d'une fête, soit pour diriger la dévotion des pèlerins au sanctuaire vénéré.

En 1881, parut chez Ferdinand Thibaud, rue St-Genès, à Clermont, *Le Guide du Pèlerin au sanctuaire de Vassivière*, pour le jour du couronnement, 3 juillet 1881. Il comprend un court historique, le cérémonial du couronnement et les cantiques composés à cette occasion.

La même année, la même Librairie donnait un Souvenir du Couronnement de N.-D. de Vassivière, par M. le capitaine Louis Jaubert, recueil de cantiques et de poèmes sur la Madone.

En 1882, fut éditée chez Thibaud, une série d'images avec la dédicace du livre du P. Coyssard, que l'on attribue à Jean Cladière. Elles portent au verso une notice ou une prière.

L'Imprimerie du Journal *La Croix* de Paris, publie, en 1890, un Abrégé de l'Histoire de N.-D. de Vassivière, format de la Vie des Saints, par M. l'abbé Durand, vicaire.

La Librairie A. Watel, de Brioude, édite, en 1894, une notice sur le Pèlerinage, suivie de prières diverses.

En 1895, paraît à la Librairie L. Bellet, avenue Centrale, à Clermont, la réédition en petit format d'une neuvaine imprimée en 1857.

Les années qui suivirent le couronnement, on trouvait chez Bouasse Jeune, place St-Sulpice, à Paris, des images gravées ou coloriées en jaune, reproduisant approximativement la Madone sur l'autel de Vassivière. Elles portent au verso une notice ou une prière.

Des images un peu plus fidèles furent éditées en chromo chez Sandinos-Ritouret, place St-Sulpice, à Paris, en 1907. Elles représentent la Chapelle de Vassivière, et au-dessus, dans une gloire, la Madone ; au verso, un historique ou une prière.

Les cartes illustrées ont enfin vulgarisé les divers souvenirs qui intéressent Vassivière : chapelle, statue, processions......

HISTOIRE ILLUSTRÉE

DU

PÈLERINAGE

DE

NOTRE-DAME DE VASSIVIÈRE

I

VASSIVIÈRE

Au début du xxᵉ siècle, la Chapelle de Notre-Dame de Vassivière est encore le but d'un pèlerinage très fréquenté. Ce qui fait le mérite de cet acte de foi, c'est la difficulté de l'accès. Tandis que la plupart des pèlerinages sont abordables en chemin de fer, celui de Vassivière est au moins à 38 kilomètres de toute gare. Celle du Mont-Dore, il est vrai, n'est qu'à 12 kilomètres par le Sancy ; mais il faut faire une ascension à 1.800 mètres d'altitude, à pied ou à cheval, et trois heures environ sont nécessaires pour franchir cette distance.

Vassivière est un plateau basaltique d'environ 120 hectares. Son altitude atteint 1.300 mètres. Il est adossé au massif du Mont-Dore, dominé au N.-O. par le Puy Pailharet (1775), au N. par le Puy de la Perdrix (1820ᵐ), la Plaine des Moutons (1460ᵐ), et au N. E. par le Puy de Chambourguet (1520ᵐ).

L'impression qui saisit en arrivant à Vassivière, c'est, au dire des touristes et des pèlerins, l'impression d'immensité. Si la vue est limitée au Nord par le voisinage immédiat des hauts sommets des Monts Dores, elle s'étend par contre sur le vaste plateau de la Haute-Auvergne, qui a pour limite à 40 ou 50 kilomètres au Sud la belle chaîne volcanique des Monts du Cantal. Au premier plan, de vastes tourbières roussâtres ou des prairies ; elles couvrent des centaines d'hectares. La vallée de la Couze offre à l'Est une belle échappée sur les monts du Livradois et du Forez. A droite et au-dessus du lac Pavin, le Puy de Montchal ouvre son cratère à 1440ᵐ d'altitude. En allant au Sud et au-delà de la Bannie, la plaine si redoutée en hiver, on aperçoit le cône boisé du Puy de Montcineyre ; au loin les Ranoux, le Cézallier et, dans le lointain, visibles seulement aux rares belles journées, les Cévennes : Pilat, Mézenc, Gerbier des Joncs...

Le Sud est complètement barré par les monts du Cantal, longue Sierra qui semble se profiler en ligne droite de l'Est à l'Ouest. Le massif qui paraît commencer la chaîne à l'Est est dominé, à droite, par un petit mamelon ; c'est le Plomb du Cantal (1858ᵐ). En allant de gauche à droite, la première dépression profonde est le col du Lioran. Les principaux sommets que l'on aperçoit ensuite sont : les rocs de Laveissière, le Puy de Peyrarche, qui semble le plus élevé. De Peyrarche, une ligne de faîte, de hauteur à peu près uniforme, coupée en son milieu par la brèche de Roland, rejoint le Puy Mary. Ce cône majestueux (1787ᵐ) constitue le nœud des monts du Cantal. De Vassivière, on dirait qu'il continue simplement la ligne des crêtes. C'est une illusion ; des vallées nombreuses rayonnent à l'Ouest et sont séparées par autant de chaînes de montagnes ; elles produisent une confusion que l'œil ne saurait démêler. On distingue les Puys de Tourte, Chavaroche, et, dans le lointain, le Puy Violent.

A l'Ouest, du Puy Violent aux Monts Dores, s'ouvre une large trouée où la vue saisit confusément les vastes plateaux de la Corrèze.

L'impression d'immensité s'accroît de ce fait que tout ce que l'œil embrasse n'est qu'une pelouse sans fin. Les bois sont rares et le plus souvent dissimulés dans les vallées.

En raison de son altitude et de sa situation entre les vallées de la Dordogne et de l'Allier, le plateau de Vassivière est balayé par les vents d'Ouest. Si encore on conservait les rares forêts qui subsistent de nos jours, elles briseraient la violence des courants, mais, soit routine, soit désir d'agrandir les pâturages, on les détruit de plus en plus, sans souci de l'avenir. Et pourtant que l'aspect de ces montagnes serait beau si elles étaient boisées; si, comme jadis, elles étaient couronnées de grands arbres. Après avoir été deux fois recouvertes par les neiges que nous disons éternelles, elles subirent deux fois des températures sénégaliennes. Puis les forêts se dressèrent sur leurs flancs et sur leurs sommets — d'immenses forêts de sapins. — Nous en avons pour témoins les arbres énormes qui, depuis des siècles, dorment couchés dans les tourbières. En creusant le fossé qui entoure l'autel où l'on dit la messe en plein air, on en mit à découvert un grand nombre. L'un d'eux, visible sur onze mètres de longueur, a plus de 0^m80 de diamètre.

Cela tend à prouver que la main de l'homme n'est pas seule responsable de la disparition des forêts de sapins. Les causes climatériques y ont contribué. En tout cas, sur le versant S.-E. des Monts Dores, il ne reste plus que de rares sapins, et ils meurent comme meurent ceux de la vallée haute du Mont-Dore.

Il y a bien longtemps que tous ces plateaux sont livrés au pâturage, si l'on en juge par les innombrables excavations que l'on trouve sur leurs flancs. Des voyageurs s'étaient demandé l'origine de ces longues lignes de trous, profonds d'un mètre ou deux, qu'entoure un épaulement de terre ouvert par un fossé.

Legrand d'Aussy, au XVIIIe siècle, s'était occupé de cette question, et il était arrivé à la conclusion qui s'impose : ce sont des burons, creusés dans le sol et recouverts de mottes de terre que l'on soutenait par une charpente sommaire. Quand un buron devenait inhabitable, on en creusait un autre à côté. Leur nombre considérable justifie la remarque du P. Coyssard:

« Et bien que la rigueur de l'hyver se face sentir dans ces parages, néanmoins en été, lorsqu'on brusle de chaud ailleurs, c'est un petit paradis terrestre par son bon air et le doux zéphyr qui coutumièrement y souffle. Outre la fécondité de l'herbage si grand et si espais que c'est merveille, tellement que jusques au coupeau (1) de la plus haute montagne, eslevé souvent par dessus les nues, l'on void paistre et s'engraisser tant de troupeaux à cornes, de gros bœufs et vaches à laict, dont se faict si grande quantité de fromage, si excellent qu'on le porte jusques à Paris et à Rome, la bonté d'ycelui provenant des simples et plantes médicinales qui croissent là en telle abondance que les pharmaciens et apothicaires y viennent herboriser de païs fort loingtains » (2).

Comme au commencement du XVIIe siècle, il se fait toujours un grand commerce de fromages et de plantes pharmaceutiques.

---

(1) Sommet.

(2) Coyssard. Abbrégé de l'Histoire et Miracles très-bien avérez de Notre-Dame de Vassivière, 1615.

Au point de vue hydrographique, le plateau de Vassivière offre quelques particularités qu'il est utile de signaler. Il se trouve sur la ligne de partage des eaux de deux grands bassins, le bassin de la Loire et celui de la Dordogne. La Couze, qui prend sa source sur le flanc Sud du Puy de la Perdrix, se précipite dans le cirque du Bois de la Biche, en une cascade de 36^m de haut. Elle coule du Nord au Sud, sépare Vassivière de Chambourguet, puis brusquement se dirige à angle droit vers l'Est, à la Baraque de Vassivière, sans qu'aucun obstacle motive ce changement. Il est probable qu'autrefois elle coulait au Sud et rejoignait la Clamouze à Pontchoix. Ses eaux prennent encore cette direction aux jours de grandes crues, et cela explique l'existence du Vallon, qui s'étend de la Baraque de Vassivière à celle de Clamouze, et qui est envahi par les tourbières.

Des contreforts du Pailharet descendent à l'aspect Sud-Est une foule de ruisselets qui forment la Clamouze ou Rue (1), affluent de la Dordogne. Le premier, à l'Ouest de la ferme de la Biche, a un cours capricieux dès qu'il arrive dans les tourbières ; tantôt il est tributaire de la Couze, tantôt de la Clamouze. Le cône de déjection qu'il forme au pied de la pente, indique clairement qu'à chaque printemps, à chaque orage, il porte ses eaux aux deux versants, justifiant ainsi la remarque de Dom Cladière :

« Cette montagne de Vassivière est comme une isle environnée d'eau de tous costés. La petite rivière de la Couze, qui la mouille au pied, divise ses eaux, par une merveille de la nature, en deux branches opposées, l'une vers l'orient, l'autre vers l'occident. La première, grossie par les eaux de cet admirable et fameux lac de Paven, qui est sur le sommet d'une montagne et dont la profondeur est prodigieuse, passe au dessous de la ville de Besse et va se rendre vers la rivière d'Allier, à un mille d'Issoire ; et la seconde, qui coule vers l'occident, passant sous le pont de Clamouze, va se jeter dans la rivière de Dordogne, près de Bort » (2).

C'est vers la Clamouze que s'infiltraient les eaux de la

_____

(1) _Ruc_, vieille racine de _rivus, rius_. — La Clamouze prend le nom de _Ruc_ à partir d'Eglise-Neuve-d'Entraigues.

(2) _L'Histoire de la Sainte Chapelle de Notre-Dame de Vassivière_, par D. Joseph Cladière, 1688.

source vénérée à Vassivière. Du rocher qui porte le pignon de la Chapelle suinte une source trop modeste, semble-t-il, pour avoir attiré l'attention de nos ancêtres. Il est probable que son débit dût être plus considérable autrefois. La construction de la Chapeloune (petite chapelle) semblerait le prouver. Mais, au cours des cinquante dernières années, on a pratiqué dans la petite plaine qui s'étend au chevet de la Chapelle, de multiples drainages qui ont contribué à diminuer l'importance de la Source bénie. (1)

(1) La source ne donnait qu'un litre en 3 minutes. Ce débit absolument insuffisant les jours de fête amenait des bousculades déplorables. En 1904, M. G. Blot, curé, fit installer un réservoir de près de 500 litres, qui permet de remplir par des robinets extérieurs 12 à 15 litres à la minute.

ORIGINES DE VASSIVIÈRE

D'où vient ce nom de Vassivière ? Quelle est sa signification ? Les anciens auteurs en ont donné de naïves étymologies : cela veut dire : VAS-Y-VOIR, en patois : *vas-y-veyre*. réponse que l'on fait aux sceptiques qui doutent des miracles de la Vierge. Ce nom, a dit un autre, est une corruption de VACHIVIÈRE, VACCIVIÈRE, parceque dans ces parages on fait, durant la belle saison, pacager de nombreux troupeaux de vaches. (1)

Ces explications sont assez peu scientifiques ; elles ont été cependant acceptées par tous ceux qui, depuis quelque temps, ont écrit sur Vassivière (2). Disons aussi que pour varier un peu, on a proposé en dernier lieu : *Vallis severa* (vallée sévère (3).

L'érudition contemporaine propose de demander à la langue celtique la solution du problème. En celtique VAS signifie demeure, temple (4). D'autre part, les formes *av, var, ver, cver, iver*, sont des mots primitifs qui signifient eau, rivière, cours d'eau. Vassivière, VAS IVER, signifierait donc « la demeure de l'eau, le temple de l'eau. »

Partis de cette donnée, les auteurs ont pensé que Vassivière pouvait être le temple élevé par les Celtes à la *dea* ou divinité des sources de la Couze et de la Clamouze. Les peuples devaient s'y rendre en foule pour les fêtes. Quand le christianisme s'implanta dans l'Auvergne, le culte de la Vierge remplaça le culte des sources, car les chrétiens utilisaient pour la religion nouvelle ce qu'ils trouvaient établi (5).

---

(1) Coyssard, loc. cit. — D. Jacques Branche, La Vie des Saincts et Sainctes d'Auvergne, p. 31.

(2) Chaix, Histoire de Notre-Dame de Vassivière, 1869.

(3) Brassier, Un Sanctuaire sur les Monts d'Auvergne, 1873.

(4) Ducange, Gloss. lat., ad. voc. Vasso.

(5) Origines et Histoire du Pèlerinage de Notre-Dame de Vassivière, 1891, pages 15-25.

Quoiqu'il en soit, il faut bien avouer que la plus profonde obscurité enveloppe les premiers temps du pèlerinage de Vassivière. Aucun document ne permet de percer cette nuit épaisse.

La tradition rapporte que sur le plateau de Vassivière une paroisse a jadis existé, et la présence de la Sainte Image sur cette montagne dans les temps les plus reculés se trouverait ainsi expliquée.

Le fait est possible et plusieurs indices dont nous parlerons bientôt tendent à le corroborer. Aux habitations gauloises établies près des sources sacrées a très bien pu succéder un village, devenu le centre d'une paroisse chrétienne, après qu'une église eut remplacé le temple. On a dit aussi que ce village avait été détruit par les Anglais, lors de la guerre de Cent ans, dans la seconde moitié du xive siècle ; mais c'est là une erreur dont fait justice un document rapporté par Baluze, dans son *Histoire généalogique de la Maison d'Auvergne*, tome II, page 574.

Ce document, rédigé en latin, n'est autre que la permission donnée en l'année 1321 par Bernard VIII de La Tour au Chapitre de la Cathédrale de Clermont de prendre les pierres des ruines de Vassivière pour bâtir l'église de Condat-en-Feniers (1). Voici la traduction du texte en question :

« Nous, Bernard, seigneur de La Tour, à notre bailli de
« Besse, et à tous nos autres baillis et seigneurs, salut et
« dilection.

« Nous voulons que vous sachiez et nous notifions à chacun
« de vous, qu'il nous plaît que le Chapitre de Clermont,
« pour la construction et l'édification de l'église de *Compdat*,
« prenne les pierres de Vassivière *(Vassiveyra)*, dans lequel
« lieu le culte divin ne peut d'ailleurs être exercé, attendu
« qu'il n'y a absolument plus que des ruines et qu'il n'y a
« pas de revenus pour l'entretien d'un prêtre, cet endroit
« manquant de dotation et personne, pour le moment, d'après
« ce que nous voyons, ne voulant le doter, d'autant que nous
« avons entendu dire par des personnes dignes de foi, qu'il

---

(1) L'église de Condat-en-Feniers relevait du Chapitre de la cathédrale de Clermont. — Cet enlèvement de tous les vieux matériaux de Vassivière explique pourquoi on ne retrouve plus aujourd'hui aucun reste du temple primitif.

« se commet en ce lieu et qu'il s'est commis dans les temps
« passés plusieurs choses profanes. C'est pourquoi nous
« ordonnons, mandons et prescrivons, sous peine, qu'aucun de
« vous n'empêche ledit Chapitre et ses gens de prendre ces
« pierres et de les porter où elles seront nécessaires pour l'édi-
« fication de l'église mentionnée. Et nous ne voulons pas
« moins que vous fassiez également connaître à ceux-là
« les causes précitées qui m'ont amené à faire au Chapitre
« en question la susdite concession. Donné et scellé de notre
« sceau, le vendredi, jour de la fête du bienheureux Denis,
« l'an du Seigneur 1321. »

A quelle époque a eu lieu cet abandon de Vassivière, si
profond et si complet qu'on n'y voyait plus que des pierres
amoncelées et des vestiges cependant encore assez importants
et dignes d'être recueillis et conservés, puisque les chanoines
de Clermont les demandèrent pour leur église de Condat ?
Dans quelles circonstances s'est produit ce délaissement ?
L'histoire est muette à ce sujet ; on ne peut faire que des
hypothèses. Ce qui semble le plus probable, c'est que Vassivière fut déserté dans le cours du XIIe siècle, au moment où
les sires de La Tour fondaient, non loin de là, sur un
autre point de leur baronie, la ville de Besse, en un lieu plus
accessible et moins froid, dans un site plus favorable au
développement de la population et du négoce.

La ville neuve reçut de ses fondateurs de beaux privilèges,
de précieuses franchises (1), qui attirèrent immédiatement
de nombreux habitants, et c'est alors, sans doute, que Vassivière fut abandonné. Quoi qu'il en soit, le titre de 1321, ci-
dessus traduit, prouve d'une façon incontestable que Vassivière était en ruines bien avant les guerres anglaises. On
s'explique, d'ailleurs, assez facilement la méprise des histo-
riens qui, ne connaissant pas le document cité par Baluze, ont
attribué cette ruine aux Anglais. Des bandes dévastatrices,
cela est constant et parfaitement historique, ont parcouru les
montagnes de l'ouest de 1370 à 1374. Effrayés par les dépré-

---

(1) Ces franchises confirmées en 1284, mais données à St-
Saturnin, le jeudi après l'octave de St Jean devant la Porte
latine, mois de mai 1270, et rédigées en roman auvergnat, ont
été reproduites par Baluze, *Histoire généal. de la Maison
d'Auvergne*, t. II, p. 511 et suiv., et par Chabrol, *Cout. d'Auv.*,
t. IV, p. 93.

dations de ces bandes, qui mettaient tout à feu et à sang, les habitants de Besse obtinrent l'autorisation de leur seigneur, Guy de La Tour, de construire près de l'église une haute tour carrée avec un rempart ceignant l'église et la tour. En même temps, le clocher de l'église, qui était très haut et très élevé, fut solidement fortifié. Les notables et ceux qui avaient contribué à l'édification de ces appareils de défense se retirèrent, partie dans l'enceinte, partie dans le clocher, et se tinrent là tant que durèrent les courses des ennemis à travers la montagne. La ville de Besse comptait alors une garnison de cinq cents hommes, composée tant des habitants que des gens des campagnes voisines qui avaient dû, en entrant dans la ville, apporter leur provision de farine pour un an. En l'année 1374, l'évêque de Clermont, Jean de Mello, leva l'excommunication encourue par ceux qui, en ces temps de troubles, avaient installé leur demeure au-dessus du sanctuaire de l'église (1).

La présence des pillards anglais dans les parages de Besse, vers les années 1372 et 1373, est donc un fait avéré et indiscutable. Ils avaient établi le centre de leur puissance à la Roche Sanadoire, prévôté dont dépendaient 43 paroisses, et dont ils ne furent expulsés qu'en 1385, par l'armée du comte Louis de Bourbon. Le vieil historien André Duchesne a eu raison d'en faire mention au chapitre x de ses *Antiquités et Recherches de villes, chasteaux, etc., de toute la France,* parues en 1610, mais il s'est trompé en attribuant la destruction de Vassivière à ces pillards. Le Jésuite Coyssard, lorsqu'il publia en 1615 l'*Histoire de Notre-Dame de Vassivière,* répéta ce qu'avait dit Duchesne sur la ruine de Vassivière. Le curé Mathieu, dans une note inscrite sur l'un des registres de catholicité de la paroisse de Besse, a copié le passage de Duchesne : « Notre-Dame de Vassivière, sur les montagnes d'Auvergne, proche du Mont d'Or, où est une image qui est restée miraculeusement des ruines de Vassivière, ravagé par les Anglais, environ l'an 1374 ; laquelle image ayant été transférée dans l'église de Besse, on la trouva en sa première place le lendemain. — L'auteur est Duchesne, chap. 9 » (2). Enfin, Jacques Branche, Dom Cladière, et tous ceux qui, depuis, ont écrit sur

---

(1) Manuscrit Godivel, aux archives de la mairie de Besse.
(2) Registre des baptêmes de 1681.

Vassivière ont reproduit l'erreur historique que nous signalons, parce qu'ils ne connaissaient pas, nous le répétons, le titre de 1321.

Abandonné par ses habitants, Vassivière ne fut pas délaissé comme pèlerinage. Sa Vierge noire fut placée dans une muraille restée debout, « tout proche du chemin public, au mesme endroit où est à présent le petit oratoire voûté, au-dessous de la grande chapelle moderne » (1). Elle était là « dans une sorte de fenestre, en forme de niche, toujours honorée des dévots habitants de Besse et des autres passants par là, et là toujours se faisoit quelque miracle qu'on ne remarquoit point, tant par négligence qu'à faute de ferme foy » (2).

Le culte de la Vierge était, en effet, resté vivace dans ces montagnes. Une fondation que Bertrand VII de La Tour fit dans l'église de Besse, en l'année 1463, témoigne que la foi et le dévouement à Marie persistaient dans les cœurs. Seulement, les seigneurs de La Tour qui avaient quelque peu contribué à détourner le peuple de la station de Vassivière au profit de leur ville de Besse, les seigneurs de La Tour ne songeaient nullement à raviver les vieilles traditions dans les anciens centres ; ils cherchaient au contraire à détacher de plus en plus les populations de leurs antiques coutumes, afin de les mieux fixer aux endroits choisis par une politique nouvelle, et ils dotaient l'église de Besse de vicairies et de fondations, sans songer à restaurer Vassivière. C'est ainsi que Bertrand de La Tour, par titre du 4 avril 1463, chargea les prêtres communalistes de Besse de célébrer chaque jour dans leur église une messe à l'autel de la Vierge, au lever du soleil « in ortu solis », afin que le peuple pût y assister avant de se livrer à son travail journalier. Cette messe fut appelée « la messe de l'aube » (3).

Mais il était dans les décrets de Dieu que Vassivière serait à jamais un lieu prédestiné, un lieu consacré à la Reine des anges et des hommes, et comme les décrets divins reçoivent toujours leur exécution, une fois ou l'autre, l'heure devait venir où Vassivière retrouverait enfin l'éclat des anciens jours.

---

(1) Coyssard, *loco cit.* p. 26 et 32.
(2) Coyssard, *loco cit.* p. 33.
(3) Archives de Besse.

Cette heure sonna en l'année 1547. Depuis sept ans déjà, un jacobin, venu d'Allemagne, avait commencé à prêcher la prétendue Réforme, triomphante en son pays. Les idées nouvelles, semées dans des populations trop riches pour être bien religieuses, exploitées par les partis politiques et les rivalités de la noblesse, pénétraient le pays, menaçaient la vraie foi et entretenaient une agitation qui ne pouvait qu'être funeste aux intérêts matériels et moraux des populations.

Ce fut le moment choisi par la Providence pour prouver à notre pays qu'il était l'objet de la protection spéciale de Marie.

III

CONSTRUCTION DE LA CHAPELLE

Un jour du mois de juin 1547, un certain nombre de
marchands de la ville de Besse se rendaient au marché de
La Tour, en suivant le chemin qui, à travers la montagne,
passait tout près de la muraille de Vassivière. Arrivés devant
la niche servant d'abri à la Vierge noire, les voyageurs s'age-
nouillèrent et firent dévotement leur oraison à Notre-Dame.
Seul, le nommé Pierre Gef, dit Sipolis, qui peut-être avait
déjà prêté une oreille trop complaisante aux doctrines prêchées
à Issoire, Pierre Gef négligea de saluer la Madone ; il continua
sa route et arriva ainsi jusqu'au ruisseau qui coule non loin
de là, au fond du ravin. Il se disposait à en franchir le gué,
lorsque soudain tout s'obscurcit autour de lui ; il ne distinguait plus sa route, il ne voyait plus les objets : ô désespoir,
il était aveugle ! A ses cris de détresse, ses compagnons accou-
rent, s'empressent autour de lui, lui lavent les yeux : soins
inutiles, Gef est bien frappé de cécité ! A cet instant, la
lumière qui s'est retirée de ses yeux entre, si l'on peut dire,
dans l'âme du malheureux marchand. Par une inspiration
subite, Gef reconnaît la cause de la malédiction tombée sur
lui : « J'ai péché contre la Mère de Dieu, s'écrie-t-il, conduisez-
« moi auprès de sa sainte Image ! Que Dieu et la Vierge
« me prennent en pitié ! » Arrivé devant la muraille, Pierre
Gef fait l'aveu public de sa faute ; il implore son pardon
avec un vrai repentir ; il promet à la Vierge de prendre « son
reinage » le jour de la fête de la Visitation, dans l'église de
Besse (1), et aussitôt la vue lui est rendue.

Ce miracle eut un retentissement énorme dans tout le pays
et dans les contrées voisines ; il attira l'attention sur Vassivière, il réveilla les souvenirs de l'antique pèlerinage, et les
populations reprirent en masse le chemin de la montagne
sainte.

---

(1) Coyssard, *loco cit.*

Bientôt les faits miraculeux se multiplièrent. Marguerite Valenson, femme de Jean Blanchier, « pour quelque grande grâce qu'elle avait reçue en son adversité », offrit cent livres de cire pour le reinage de Notre-Dame. Désireux de marquer sa reconnaissance et sa piété, Georges Besseyre, bourgeois de Besse, fit, peu de temps après, bâtir à ses frais un oratoire

Chapelle de Vassivière

à la place de la vieille muraille qui avait si longtemps abrité dans ses flancs la Vierge noire. Celle-ci fut placée dans le petit édifice « et à main gauche du dedans Georges Besseyre mit la fontaine miraculeuse » (1).

Alors, raconte Dom Cladière, les prêtres de l'église Saint-

_____

(1) Coyssard, p. 30. — Une inscription gravée sous la croix porte :

M.V.c. L. Construite en 1550.
1747. R. restaurée en 1747.

André de Besse, qui étaient dans ce temps au nombre de soixante, « condamnant le peu de zèle qu'ils avaient eu par le passé, crurent que ce serait manquer de respect et de religion envers la Mère de Dieu de laisser plus longtemps son Image dans un lieu si peu décent, et même inaccessible la plus grande partie de l'année, à cause de l'abondance des neiges. Ils délibérèrent donc de la transférer dans leur église, qui est non seulement paroissiale, mais encore collégiale, comme il appert par la bulle du pape Alexandre VI°, octroyée à cette église en l'an 1498 » (1).

Cette résolution prise et le jour assigné pour cette translation, le clergé, les magistrats, les consuls, les notables qui composaient le corps de ville et presque tous les habitants, allèrent processionnellement à Vassivière et apportèrent dans l'église de Saint-André la statue de Notre-Dame.

D'après la tradition, cette statue fut retrouvée le lendemain dans le petit oratoire de la montagne. On la rapporta à Besse, avec les plus grands honneurs, une seconde et une troisième fois : « on prit toutes les précautions imaginables, dit Cladière, pour conserver à l'église paroissiale un si précieux trésor, mais elles furent toutes inutiles, parce que autant de fois la sainte Image fut trouvée sur la montagne de Vassivière, toujours au même endroit, le Ciel s'étant servi sans doute d'une main invisible pour opérer une si grande merveille » (2).

Les habitants de Besse ne purent garder au milieu d'eux l'antique Madone qu'après avoir fondé dans leur église une messe à perpétuité, tous les mercredis de l'année, au maître-autel. La statue fut placée sur ce maître-autel, au côté droit, « mais, affirme Jacques Branche, on la trouvait souvent transportée vers son lieu de Vassivière » (3).

Ces bruits de translations mystérieuses ne faisaient, on le comprend, qu'accroître la dévotion des fidèles pour le vieux pèlerinage de la montagne. Le petit oratoire élevé par Georges Besseyre parut bientôt insuffisant et par trop indigne, si bien que François de Monceaulx, panetier de la reine Catherine de Médicis, ayant obtenu quelque insigne faveur de Notre-

---

(1) Cladière, *Histoire de la Sainte Chapelle de Notre-Dame de Vassivière*, page 20. Clermont-Ferrand, 1688.

(2) Cladière, p. 24.

(3) La *Vie des Saincts et des Sainctes d'Auvergne*, liv. 1er. p. 35.

Dame, résolut de construire à Vassivière une chapelle plus spacieuse et plus convenable (1). Mais comme Vassivière était de la mouvance de la seigneurie de Ravel, seigneurie qui appartenait alors à la reine Catherine de Médicis, François de Monceaulx dut solliciter de cette dernière la permission de bâtir, et cette permission lui fut accordée par lettres patentes datées de l'abbaye d'Ainay, à Lyon, au mois d'août 1548.

A la nouvelle qu'un simple fidèle allait construire une église sur le territoire de leur paroisse et placer là un chapelain avec dotation et droit de percevoir des dons et offrandes, les prêtres et les marguilliers de Besse s'émurent. Ils revendiquèrent leurs privilèges ecclésiastiques, ils contestèrent au sire de Monceaulx l'autorisation qu'il venait d'obtenir, et finalement ils le déterminèrent à les subroger à son lieu et place dans les lettres d'octroi qu'il avait obtenues de la reine Catherine.

D'autre part, l'opinion publique pressait le clergé et les autorités de la petite ville de témoigner leur zèle et leur foi devant les faits extraordinaires qui se passaient à Vassivière : « Chacun s'étonnait, écrit Dom Cladière, que les habitants de Besse eussent laissé l'espace de tant d'années la sainte Image dans un lieu si peu conforme à la grandeur de la Mère de Dieu qu'elle représentait ».

François de Monceaulx se désista donc de l'autorisation qui lui avait été accordée, et voici le texte des lettres d'homologation que Catherine de Médicis délivra aux marguilliers ou luminiers de Besse, le 7 novembre 1549 :

« Catherine (2), par la grâce de Dieu, reyne de France, comtesse de Boloigne, de Clermont et d'Auvergne, dame de La Tour, à tous ceux qui ces présentes lettres verront salut. Nos chers et amés les curés et luminiers de l'église paroissiale de Saint-André en nostre ville de Besse, nous ont fait dire et remonstrer que par nos lettres patentes en forme de charte, délivrées à l'abbaye Desnay-lès-Lyon, au mois d'aoust 1548, sur la remonstration à nous faicte par François de Monceaulx, sieur de Besse, ung de nos panetiers, qu'il estoit en dévotion

_____

(1) Le petit oratoire où se trouve la fontaine fut réparé au milieu du XVIIe siècle. L'évêque de Clermont, Louis d'Estaing, le bénit solennellement le 10 juillet 1657. (Reg. baptist.)

(2) Catherine de Médicis était héritière de la maison de La Tour par sa mère Madeleine, épouse de Laurent de Médicis, fille de Jean de La Tour, dernier rejeton mâle de la famille.

de édiffier une chapelle sur la montaigne de Vaseyviere, en nostre terre de Ravel (1), en l'endroit de la dite montaigne auquel y a une croix de pierre, une image de la Vierge Marie, Mère de nostre Sainieur, une belle fontaine, icelle chapelle fonder en l'honneur de la dite dame, de la doter pour le service d'ung chapellain qui y célébrera la saincte messe, nous aurions permis audict de Montceaulx icelle chapelle édiffier, fonder et de la dobter, luy donnant et concédant et à ses successeurs et ayant cause tous les droits que nous y avons et pouvons avoir, sauf la supériorité de recognoissance d'ung denier France qu'il seroit tenu de payer pour chacun an à nostre recepte ordinaire du dit Ravel, taisant ou ignorant par le dit Monceaulx les droits de perceptions ordinaires que à cause de la dite chapelle appartenoient et estoient leurs et a porté par les dits suppliants à leur grand préjudice et domaige, ce que despuis iceluy de Monceaulx entendant et recognoissant le grande justice que y avoient les dits supliens leur auroit entièrement ceddé et transporté son dict droict et toutes les concessions et permissions des susdites par nous à luy faictes soubs nostre bon plaisir. Savoir faisons que nous désirant la conservation des droicts de nos subjets et ce mesmement qui peut concourir au bien et augmentation de l'église et entretenement du divin service avec fourniture de dévotion, lesdicts cession et transport ainsy faicts par susdict François de Monceaulx aux dicts curés et luminiers du droict de permition qu'il avoit de nous, d'édiffication, dobtation de la dicte chapelle, avons omologués, ratiffiés et approuvés et par ces présentes omologuons, ratiffions et approuvons et avons pour agréable, permettons et concédons de nouvel à iceulx curés et luminiers de Saint-André de Besse, de faire constinuer et édiffier, fonder et dotter la ditte chapelle tout ainsi que eust pu faire le dit de Monceaulx, en vertu de nostre ditte permition ; leur donnons pour ce tous les droicts que nous y avons et pouvons avoir sauf le dit droict de supériorité et recognoissance d'ung denier qu'ils seront tenus de payer par chacun an en nostre ditte recepte ordinaire de Ravel ; ordonnons de mandement de nostre amé et féal conseilher de Grommer, de nostre ditte cour et autres terres de la seigneurie,

---

(1) Ravel, village à 2 kilomètres de Picherande, dominé par un rocher de basalte qui porte quelques vestiges d'un château, résidence d'un représentant du comte de La Tour.

au bailli de La Tour ou son lieutenant au chastel de Ravel, et à nos procureurs et recepbeurs de la ditte terre et tous autres nos justiciers et subjets que de nos présentes ratiffions les permissions et concession d'eddification, fondation et dotation de la dite chapelle, iceulx fassent, souffrent et laissent les curés et luminiers de Saint-André et leurs successeurs jouir et uzer plainement et paisiblement, sans leur faire trouble, donner ni souffrir estre faict trouble, donner aucun empeschement au contraire de ce qu'il soit faict, mais repparent et remettent, facent réparer et remettre juxtement au premier estat de vœu, car tel est nostre plaisir, nonobstant ces ordonnances ou austres lettres présentes, données à Paris, le septième jour de novembre l'an mil cinq cent quarante-neuf. A signé CATHERINE.

« Et au reply escript : Par la reyne et signé Mathieu de Ped, avec scel en cire rouge, aux armes de ladite dame » (1).

Sur le plateau de la montagne, aucun vestige d'église ancienne n'apparaissait : tout avait été rasé à fleur de terre et, à la longue, couvert d'herbage : seule une haute croix de pierre se dressant en ce lieu désert « marquait la sainteté de la place » (2).

On estima que cette croix solitaire indiquait l'emplacement de la chapelle primitive « et l'on ne se trompait point, raconte le P. Coyssard, car au beau premier coup de pic qu'on donna en cet endroit, voilà que les anciens fondements d'une église se découvrirent, et parmi eux l'on trouva force ossements des morts qui y avaient été enterrés, et la pierre du grand autel, avec le pied d'une lampe de laiton à demi mangé de la rouille, comme la clef de la porte que j'ai vue entre les mains de Me Pierre Fournier, lors prêtre et après vicaire de Besse ».

Les fondements de la nouvelle chapelle furent jetés sur les fondations de l'ancienne, et les fidèles se montrèrent si généreux, qu'après avoir élevé là un édifice en pierre de taille « bien voûté, large de huit grands pas et long au double, et renfermant trois autels », on put encore refaire, avec l'excédent du produit des quêtes, le chœur de l'église de Besse (3).

---

(1) Archives de Besse.

(2) Coyssard, p. 27.

(3) Coyssard, p. 40, 32 et 34. Une clé de voûte au-dessus de la porte du clocher, p. 1551.

La construction de la chapelle, commencée en l'année
1550 (1), fut terminée le 6 juin 1555, ainsi que l'atteste l'inscription suivante, gravée au-dessus de la porte d'entrée :

FAICT LE SIXI
EME JOUR DE
IVNG L'AN
1555
Fait le 6e jour de Juin 1555

Le pèlerinage ne fut pas interrompu pendant la durée des
travaux, mais comme le saint sacrifice ne pouvait être célébré
dans le petit oratoire de la source, un pieux habitant de Besse,
Antoine Fialeix, établit à proximité une chapelle en bois, où
l'office divin fut fait chaque jour durant la belle saison.

Le P. Coyssard rapporte que « la chapelle parachevée en
1555 fut sacrée fort longtemps après par Mgr de Senecterre,
sieur de Fontainilles, evesque de Clermont, l'an 1571, le 2^e
du mois de juillet » (2).

Nous ignorons les causes qui auraient retardé de plus de
quinze années la consécration du sanctuaire de Vassivière,
dont le vocable est « la Visitation Notre-Dame », mais la date
indiquée par le vieil historien est-elle bien celle de la consécration de la chapelle ? Un écrit, dont le curé Jacques Chabaud donne le texte dans une note au registre des actes de baptêmes de Saint-André de Besse (1670), fait naître un doute à
cet égard. En effet, dans un reliquaire que l'on voyait au grand
autel de Vassivière, se trouvait inséré cette sorte de procès-
verbal : « Hic jacent reliquiæ sacro-sanctæ in honorem Domini
nostri Jesu-Christi et in nomine beatissimæ Mariæ Virginis in
prœsenti altari quod fuit consecratum per reverendum patrem
in Christo dominum Antonium de Sancto Necterio, Claromon-
tensem episcopum, anno salutis millesimo quingentesimo sep-
tuagesimo primo, die secunda mensis Julii. — (Signé)
LUZIUS ».

D'après ce texte, c'est le grand autel du sanctuaire, mais
non le sanctuaire lui-même, qui aurait été consacré en 1571.
Cet autel, solennellement inauguré par l'évêque de Clermont,

---

(1) Cladière, p. 35.

(2) Coyssard, p. 40. Fontenille, village de la commune de
Creste, au-dessus et à droite de la route de Champeix à Besse.

en remplaçait peut-être un autre qui existait dans la chapelle
déjà consacrée antérieurement. On ne s'expliquerait guère,
en effèt, comment cette dernière serait restée plus de quinze
ans sans consécration, et le P. Coyssard n'indiquant point la
source du renseignement qu'il donne à ce sujet, on peut
supposer qu'il n'a eu à sa disposition que le texte ci-dessus,
et alors son allégation reposerait sur une base incertaine.

IV

LA PROCESSION DE 1608

« La ville de Besse, dit l'auteur d'un ancien manuscrit conservé aux archives municipales de cette localité (1), a été de tous temps dévote à la Vierge Marie. Elle n'a jamais été tachée d'hérésie, quoique les ennemis de la foi aient fait leurs efforts pour retirer les habitants de leurs croyances. Elle n'a été unque prise par les ennemis qui ont été toujours confus dans leurs entreprises, et il faut inférer que c'est grâce au secours d'en haut obtenu par la glorieuse Vierge Marie et les patrons tutélaires de la dite ville (saint Jean-Baptiste et saint André), les reliques desquels sont en grand nombre ».

La fameux capitaine huguenot, Mathieu Merle, était venu cependant bien près de Besse : il avait occupé Saint-Diéry d'où il ne fut délogé qu'en 1577 : « De ce rebelle hérétique, s'écrie le P. Coyssard, vous avez, ô Notre-Dame, conservé miraculeusement la ville de Besse ! » (2).

C'est que l'image de Notre-Dame, ainsi que nous l'apprend le savant Jésuite, avait été placée « à la pointe du haut clocher de l'horloge de la cité, comme une des principales gardes tutélaires d'icelle » (3). Les troubles de la Réforme, les guerres de la Ligue firent donc à peine sentir leurs funestes effets dans ces montagnes privilégiées que la Vierge protégeait, tandis que les autres contrées de l'Auvergne avaient cruellement souffert des luttes des différents partis. Et la France elle-même, dans quel piteux état ne se trouvait-elle point,

---

(1) Manuscrit Godivel.

(2) Coyssard, p. 8.

(3) Une antique chapelle dédiée à la Vierge existe encore dans les faubourgs de Besse, au hameau de La Villetour. « Au pied de la montagne de Leylavour, dit Coyssard, se voit un oratoire sous le titre de Notre-Dame de Lorette, où il y a de belles indulgences octroyées par le pape Paul V ». (*Op. cit.*, p. 20).

quand elle tomba épuisée entre les mains de Henri IV ? Les Espagnols et les Allemands au cœur du royaume, les ressources de l'État presque nulles, le pays dévasté par le brigandage des guerres civiles : tel était le triste héritage que recueillait le nouveau roi.

Mais heureusement notre patrie a dans le fond de ses entrailles une invincible énergie, une inextinguible vitalité qui parfois semble sommeiller et languir, mais que les grands désastres réveillent, et alors à l'extrême misère on voit soudain succéder une étonnante prospérité.

Henri IV et Sully eurent l'incontestable mérite de seconder ce mouvement réparateur et d'écarter d'une main habile et vigoureuse les obstacles qui pouvaient s'opposer au relèvement du pays. L'agriculture protégée, les finances sagement administrées, la turbulence des grands réprimée, la paix religieuse assurée : tels furent les premiers bienfaits du gouvernement du Béarnais.

La paix religieuse, en particulier, consacrée par l'édit de Nantes (1598), ne contribua pas peu au rétablissement de la fortune publique. La pacification des consciences fut le prélude des magnificences du xviie siècle, du grand siècle, comme on l'a appelé, et le zèle religieux qui devait illustrer le temps où vécurent les Vincent de Paul, les Bossuet et les Fénelon, s'annonça, dès le début, par d'éclatantes manifestations dont nous sommes heureux de retrouver les traces dans notre Auvergne et à Vassivière même.

Le P. Coyssard, dans son opuscule sur le pèlerinage qui nous occupe, donne la relation de la procession solennelle qui eut lieu en 1608, lors du transfert de la statue de la Vierge, de Besse à Vassivière. Dès cette époque, en effet, l'usage s'était introduit de transporter de l'église paroissiale l'image de Notre-Dame dans le sanctuaire de la montagne, le jour de la fête de la Visitation. Cet usage s'est perpétué jusqu'à nos jours, comme celui de ramener processionnellement la Vierge noire dans l'église de Besse, le dimanche qui suit la fête de saint Mathieu, au mois de septembre.

Dans son naïf récit, le chroniqueur nous dépeint, avec un charme tout particulier, cette grande manifestation de la piété de nos ancêtres. Il nous montre, dans sa puissance et dans sa popularité, cette antique confrérie du Rosaire qui avait à sa tête les magistrats et les consuls de la ville, et dont les membres, au nombre de six à sept cents, étaient presque tous les habitants du pays, hommes et femmes (1).

Après les confrères du Rosaire, le narrateur fait défiler devant nous les confrères de saint Jacques de Compostelle, avec leurs grands chapeaux « parsemés de petites images de jayet et de coquilles de mer », et le mantelet de cuir sur les épaules. Pour faire partie de la confrérie, il fallait avoir accompli le voyage de Galice ou de Rome, et à Besse les pèlerins de saint Jacques étaient bien alors au nombre de quarante. Après les pèlerins, le clergé, et ensuite les anges, les apôtres, les prophètes, les musiciens, etc., etc.

Et ces officiers de justice, « en robe et en cornette », et ces consuls revêtus de leur robe noire, et couverts de leurs chaperons mi-partie noirs et mi-partie rouges ; tous un cierge à la main, tous récitant dévotement leur chapelet ! Temps de foi profonde, époques toutes pénétrées du sentiment chrétien, reviendrez-vous jamais, pour nous donner vos énergies et vos vaillances ?

Le P. Coyssard nous fournit aussi de curieux détails sur la façon dont se pratiquaient alors les reinages de la Vierge. Chaque fête de Notre-Dame avait un roi et une reine qui achetaient aux enchères leur royauté, c'est-à-dire le droit de suivre dans un appareil fastueux la procession de la Madone, afin de relever l'éclat de la cérémonie et faire honneur à la Vierge. Le prix du reinage était versé dans la caisse de la marguillerie et affecté aux besoins du culte. Le roi et la reine étaient accompagnés d'une cour nombreuse, amis ou gens de louage, parés d'habits de gala et figurant des gentilshommes, des dames d'honneur, le tout formant « un train royal, avec instruments de musique; fifres, tambours, trompettes, enseignes et tout plein de soldats armés ».

La tradition des reinages n'est pas encore éteinte aujourd'hui, mais elle a subi de telles modifications qu'on peut dire qu'il n'en reste plus que le nom et l'usage de verser une certaine somme à la marguillerie. Le privilège des acquéreurs

---

(1) La confrérie du Rosaire établie dans l'église de Besse en l'année 1605 avait une chapelle spéciale, bâtie dans le cimetière alors situé autour de l'église. Cette chapelle était adossée au rempart de la ville et a été démolie à l'époque révolutionnaire, jusqu'à la hauteur du chœur puis rasée en 1824, lors de la reconstruction du chœur.

de reinages est maintenant de porter sur leurs épaules les brancards qui supportent la statue de la Sainte Vierge, lors des processions de la *montée* ou de la *descente*.

Voici, au surplus, avec toute sa saveur primitive, avec tous ses précieux et intéressants détails, la narration du P. Coyssard, témoin oculaire des mémorables solennités de 1608 et de 1609 :

L'ORDRE DE LA PROCESSION GÉNÉRALLE ET SOLEMNELLE QUI SE FIT PAR LES HABITANTS DE LA VILLE DE BESSE A N.-D. DE VASSIVIÈRE.

Les années 1608 et 1609, le 2ᵉ jour de juillet, feste de la Visitation d'icelle.

..... Le 2 de juillet on faict la principalle procession de Nostre-Dame, si la pluye ou quelque autre grande incommodité n'empesche, comme il advint l'an 1608 qu'on la différa jusques au 1ᵉʳ dimanche du mesme mois que les confrères du Rosaire devoyent faire la leur, dont celle de Vassivière en fut plus célèbre, comme on pourra voir par l'ordre qu'on y garda.

Premièrement, il faut noter que la confraternité dudit St-Rosaire est composée des plus apparents ecclésiastiques de Besse, comme de messieurs de la justice et du consulat, et autres du commun peuple tant hommes que femmes, jusques au nombre de six à sept cents.

Tous lesquels en corps, avecque le reste de la ville, ayant fait les préparatifs nécessaires, et chascun s'étant mis en l'équipage requis, se rendirent dans l'église sur les six heures du matin, au son et carillon des cloches, suivant la publication qui en avoit été faicte le jour devant.

DÉPART DE LA PROCESSION

Donc après les oraisons accoutumées au départ, l'on commence à se ranger et mettre en ordre et la procession à marcher fort gravement par les rues et places de la ville bien nettes, jusques au Mèzes où, selon la coustume, l'on s'arresta, soubs les trois grands arbres près de la croix, et y fit-on quelques prières, puis de mesme sorte l'on monta bellement jusques à celle du mont Berteyre, où fut la seconde station, pour y faire les supplications ordinaires, et donner un peu de respi aux plus foibles, lesquels poursuyvirent leur chemin, continuans leur dévotion jusques au sommet de la montaigne de Vassivière, où faisant alte, saluèrent la belle croix qui y est dressée, devant laquelle fut chanté par les musiciens le *Stabat mater dolorosa*, en faux bourdon très dévot. A l'harmonie duquel et de quelques autres motets, les pèlerins estrangers qui prioyent dedans et dehors la chapelle de Nostre-Dame, assez distante, y accoururent en foule, et en tel nombre qu'il passoit les six mille, et ce pour voir la procession si bien

(Cl. M. d'HAUTERIVE.)

rangée, laquelle ils accompagnèrent dévotieusement, admirants son bel ordre qui estoit tel dès le commencement.

L'ORDRE DE LA PROCESSION

En premier lieu marchoient devant icelle quatre jeunes enfans, habillez de robes blanches, faictes en aulbes, chascun sonnant une clochete, et au milieu d'eux un pèlerin de saint

Jacques portoit la bannière, de tafetas rouge et bleu, ayant d'un costé l'image de N.-Dame et de l'autre celle de sainct Jean-Baptiste, en broderie.

LES PÈLERINS DE St-JACQUES

Après venoient les autres pèlerins du dict St Jacques, faisants deux rangs, chascun avec son bourdon à une des mains et son chapelet en l'autre, comme en teste leur chapeau de voyage, parsemé de petites images de jayet et de coquilles de mer, et d'aucuns le mantelet de cuyr sur les espaules, étant quarante de bon compte.

En la procession de l'an 1609, la plus part des jeunes enfants de la ville suivoient deux à deux, chantant les litanies tantost de Nostre-Dame, tantost celles des Saincts, comme les filles toutes voilées de linge blanc, ou deschevelées, et une bonne partie pieds nuds.

Peu de distance après suyvoit un jeune fils, paré du tout comme les précédants, portant un falot de fer blanc avec un cierge allumé dedans, et au bas d'icelui étoit attachée l'Image de N.-Dame du Rosaire avec cet escripteau :

Te Virgo sacer ordo colit, colit ordo profanus ;
Te Christi matrem cœlica turba colit.

Es deux costez du susdict estoient autres deux semblables, chascun ayant une guirlande de fleurs en teste, et portant en main une torche avec les deux escussons des deux premiers mystères joyeux de l'*Annonciation et Visitation* de la Vierge.

DEUX GRANDES CROIX

Tost après venoyent deux diacres revestus selon leur grade, portant deux belles haultes croix d'argent, suyvis d'un troisième qui tenoit l'aspergez en main, accompagné d'un petit porte bénetier pour donner de l'eau bénite à ceux qu'il rencontroit par chemin.

LE CORPS DU CLERGÉ

Le corps de messieurs de l'église et communauté de la ville suyvoit modestement deux à deux, en fort belle ordonnance, les rangs esloignez l'un de l'autre de six pas, tous parez, sur leurs aulbes ou surpelis de belles chappes de velours, de satin, de damas, en broderie d'or et de soie, mesme celle de feu Mᵉ Babuti, natif de Besse, conseiller du Roy au Parlement de Tolouse.

DEUX BOURDONNIERS

Parmy ces messieurs estoient deux bourdonniers avec leurs bourdons d'argent doré et leurs chappes de damas blanc, lesquels comme maistres de cérémonie, alloient et venoient pour entretenir l'ordre, et pour entonner les psaumes ou hymnes qu'on devoit chanter.

TROIS MYSTÈRES JOYEUX

Après marchoient trois autres jeunes enfants, accomodez comme leurs premiers compagnons, portant les trois autres mystères joyeux de la *Nativité*, de la *Présentation* et du *Retrouvement au Temple*.

VINGT-CINQ ANGES PORTANT LES MYSTÈRES DE LA PASSION

Vingt et cinq petis anges les talonnoient pas à pas, accoustrez comme il convient avec leurs aisles et perruques, portant chascun quelque mystère des trophées sacrez de la Passion de nostre Seigneur Jésus-Christ, mesme le portrait au naturel du sainct suaire, envoyé de Besançon, cité impériale, par le P. M. Coyssard, lors recteur du Collège de la Compagnie de Jésus, l'an 1601 ; tous conduits par l'archange saint Michel, comme leur capitaine, équippé de toutes pièces, la palme en main, en signe de victoire, chantant les litanies.

Ceux-là passés, autres cinq enfans de mesme taille et de semblables habits, portoient autant de flambeaux avec les escussons des cinq mystères douloureux, savoir est : de

l'*Oraison au jardin,* de la *Flagellation,* du *Couronnement,* du
Port de croix et du *Crucifiement.*

LES APOSTRES

A cinq ou six pas de là suyvoient les deux rangs des douze
Apostres, habillez à l'antique de riches ornements avec leurs
diadesmes, perruques et fausses barbes convenables, ayant en
mains les instruments de leur martyre et autres marques, pour
estre mieux distinguez et recognus du monde, chantant les
litanies de N.-Dame ou quelques hymnes à propos.

LES PROPHÈTES

Les Prophètes marchoient après, fort majestueusement,
revestus à l'ancienne : Moyse avec ses cornes de rayons,
David avec sa harpe, Salomon avec son sceptre et sa coronne,
et ainsi des autres, chascun tenant l'escriteau de sa prophétie,
ou figure, concernante nostre Sauveur ou nostre Dame, comme
Moyse : *Ipsa conterct caput tuum,* Gen 3, 15, et *Rubus
incombustus,* Exod. 7, 2, ou *Scala Jacob, non est hic aliud
nisi domus Dei, et porta cœli,* Gen. 28, 17. Salomon : *Hortus
conclusus, fons signatus,* Cant. 4, 12. Esaïe : *Ecce virgo
concipiet,* Isa. 7, 14. Item. *Virga de radice Jesse,* et *flos ejus
ascendet,* Isa. 11, 12. David : *Astitit Regina a dextris tuis, in
vestitu deaurato, circumdata varietate* Isa. 44, 10.

LES CINQ MYSTÈRES GLORIEUX

Icy les cinq mystères glorieux de la *Résurrection,*
de l'*Ascension,* de la *Mission du S. Esprit,* de l'*Assomption
de la Vierge* et de son *Couronnement,* estoient portez à la
façon des autres par cinq jeunes garçons avec leurs torches
et coronnes de roses, comme quatre autres semblables qui les
accompagnoient, couverts de grandes escharpes de tafetas de
couleur et de beaux rasoirs (*sic*) blancs par dessus, portant
des chandeliers et cierges avec les Sts noms de *Jésus* et de
Maria dans des chappeaux de fleurs.

LES MUSICIENS

Le chœur des musiciens marchoyt immédiatement, tous revestus de beaux surpelis ou de belles aulbes, et les petits choristes avec leurs tunicelles, suyvis de Mᵣ le Curé qui, paré d'une magnifique chappe, portoit le s. reliquaire de la glorieuse Vierge, costoyé de deux diacres, avec leurs riches tuniques, chascun tenant un encensoir en main. Après venoient six anges, deux desquels portoyent deux vases pleins de diverses fleurs avec des distiques en latin, et les autres quatre autant de gros cierges sur des chandeliers, escussonnés des mystères de la *Nativité, Annonciation, Purification* et *Assomption de N.- Dame.*

LA SAINCTE IMAGE DE N.-D. PORTÉE DANS UN RICHE THRONE

La saincte Image, laquelle couronnée à l'impériale (comme son divin Enfant Jésus, en son giron), d'une couronne garnie de pierres précieuses, et affublée d'une robe d'un grand prix, assise comme dans un throne ou tabernacle ouvert, à quatre colonnes revestues de toile d'or, et un surciel frangé, très riche.

L'Image saincte de la Vierge estoit portée sur les épaules d'un diacre et soubsdiacre fort honorablement habillez de fines aulbes et de fort excellentes dalmatiques, comme l'arche d'alliance, figure de la Mère de Dieu, ne pouvoit estre portée que sur les espaules de deux lévites sanctifiez. Deux anges l'accompagnoyent avec deux flambeaux : à celui de droite estoient attachées les armes du roy, my parties de France et de Navarre, avec cet escripteau : *S. Maria Deum pro rege nostro christianiss. exora, ut in æternum vivat cum beatis,* et à celuy de sénestre celles de M. le Dauphin, comte d'Auvergne, escartellées de France et de Dauphiné, ayant au milieu, dans un petit escu, la tour d'argent en champ d'azur parsemé de fleurs de lys d'or sans nombre, avec ce rouleau : *Fiat pax in virtute tua, et abundantia in turribus tuis,* et le tout dans deux braves chapeaux de triomphe, tissus artistement de branches de lierre ressemblantes à du verd laurier.

Après tout cela venoient quatre hommes robustes portant (comme les explorateurs de la terre promise portèrent en un levier le gros raisin), deux à deux, les deux grands cierges du Roy et de la Royne de nostre Dame, pesants et fort gros, chascun ayant les armoiries et livrées ou blasons d'iceux qui les suivoyent avec leur train royal, instruments de musique, fifres, tambours, trompettes, enseignes, et tout plein de soldats armez.

Les magistrats et officiers de la justice avec la robe et la cornette les accompagnoyent, comme aussi messieurs les consuls en robes longues noires et chaperons my partis de noir et de rouge, les uns et les autres assistés des plus apparens de la ville et des confrères particulièrement, leur chapelet en une main et un cierge ardent en l'autre.

Parvenus donc qu'ils furent en telle ordonnance à la croix du mont de Vassivière, on la salue (comme a esté dict cy-devant) avec la musique, à la douceur de laquelle tous les pèlerins estrangers qui prioyent dans la chapelle accoururent, et huit autres processions des bourgs et villages circonvoisins s'y vinrent joindre avec leurs croix et bannières de diverses couleurs, qui marchoient l'une après l'autre à la file, fort gravement et en bon ordre, une grande part des prestres ayant de chappes bien honorables, et quelques curés des reliquaires. Ainsi la paroisse de Saint-Nectère y vint, apportant la châsse d'argent du dit sainct, disciple des apostres, envoyé par S. Austremoine, évesque de Clermont, pour convertir à la foy les montaignes d'Auvergne.

Voilà comme en très bonne ordonnance toutes ces processions s'acheminèrent vers l'oratoire, chantans en faux-bourdon les cinq psaumes suyvants, la première lettre desquels compose le nom de *Maria*, savoir :

Magnificat anima mea Dominum, etc. Luc 1. 17.
Ad Dominum cum tribularer clamavi, etc. 119. 1.
Retribue servo tuo, vivifica me, etc. 118. 17.
In convertendo Dominus captivitatem Sion, etc. 125. 1.
Ad te levavi oculos meos qui habitas in cœlis, etc. 122. 1.

Et les continua-t-on jusques à ce qu'on fut arrivé au lieu prétendu, où ayant chanté en belle musique le motet : *Quæ est ista quæ processit, sed formosa tanquam Jerusalem*, etc., tout le monde à genoux, le Sr Curé dit plusieurs oraisons pour les nécessitez de l'Eglise, pour le Pape, et pour nostre Roy très chrestien ; puis la bénédiction donnée chascun se lève et fait large pour laisser passer la procession qui rendue dans

la chapelle, le dit curé y chanta la messe le plus solennellement qu'il fut possible. A la fin de laquelle tous ceux qui
représentoient les apostres et S. Michel y firent leur bon jour,
avec plusieurs autres confrères, et tandis qu'on les communioit
les musiciens chantoient *Tantum ergo Sacramentum*, etc., et
autres motets du S. Sacrement.

Le tout finy, messieurs de la Communauté se retirèrent
modestement en bon ordre avec les anges et autres person-
nages, chantant les litanies de la Vierge, jusques à la cabane,
dressée pour retraite (non guère loin de la chapelle), tapissée
et lambrissée de fraîche ramée verte, et pavée de douces
herbes. Où chascun ayant pris sa petite réfection, et grâces
rendues à Dieu, la procession en mesme ordre retourna vers
la chapelle, et là furent chantez en musique plusieurs hymnes
spirituels mis en françois à l'honneur de la glorieuse Vierge,
par le P. M. C. (1), comme l'*Ave maris stella*, le *Salve
Regina*, etc., etc. Cela faict, les processions estrangères grandement édifiées s'en retournent en leurs cartiers, comme la
(procession) généralle, chargée de consolation, reprend son
chemin de Besse avec le mesme ordre et modestie qu'elle
estoit venue, à la plus grande gloire de Dieu et de sa très
saincte Mère, rechantant, pour le soulagement du chemin,
tantost l'*Inviolata*, tantost *O gloriosa Domina*, tantost quelque
autre chose, ainsi qu'elle avoit faict en y allant. Et soudain
qu'on l'apperceut du clocher de Besse, sur le Faug, on se mit
à carillonner afin d'avertir les prestres et autres, tant hommes
que femmes, qui estoient restez dans la ville, d'aller proces-
sionalement au Mèzes pour la recevoir et accompagner jusques
dedans l'église, où ayant chanté le *Te Deum láudamus*, en action de grâces à Dieu et à N.-Dame, pour leur heureux voyage,
chascun se retira chez soy, remply de bénédiction et de conten-
tement en son âme, comme il estoit venu les mains pleines de
bouquets cueillis en chemin, par les champs tous diaprez de
giroflées sauvages et de mille autres belles fleurs, en odeur et
en couleur fort différentes.

---

(1) Le père Michel Coyssard.

V

VASSIVIÈRE AU XVII· SIÈCLE

Avec le XVIIᵉ siècle s'ouvre la période la plus glorieuse de l'histoire de Vassivière (1). Les documents attestant l'empressement des populations pour notre pèlerinage abondent à cette époque. Il serait fastidieux de les citer tous : nous devons nous borner à signaler les plus importants et à relater les faits les plus saillants.

Le premier titre de fondation que nous rencontrons provient de la maison de La Tour. Par un acte passé devant Cladière, notaire royal à Besse, le 14 novembre 1617 « haute et puissante dame Clauda de La Tour, dame de Murat-le-Quaire, Bains, Saint-Exupère, La Roche-d'Onezat et autres places et seigneuries, étant de présent en son chasteau de Murat », fonda trois messes hautes dans la chapelle, et pour ce versa cent livres tournois « payés en escus de six francs, quarts d'écus sols et autres monnoyes ayant cours » (2).

Pendant les années 1629, 1630, 1631 et 1632, Vassivière vit un nombre considérable de pèlerins, à cause de la terrible peste qui désola l'Auvergne à ces époques néfastes.

Le 15 octobre 1631, l'évêque de Clermont, Joachim d'Estaing, se rendit processionnellement de Besse à l'oratoire de la montagne, accompagné d'un nombreux clergé, parmi lequel on distinguait Jacques Pereyret, official du diocèse, le doyen de l'église cathédrale de Clermont, le prieur de la Chartreuse du Port-Sainte-Marie, le prieur de l'abbaye de Saint-Allyre, le prieur de Sauxillanges, etc. L'évêque chanta

---

(1) L'auteur de la *Triple Couronne de la Vierge*, cité par Cladière (1688), signale le pèlerinage de Notre-Dame de Vassivière comme l'un des plus célèbres de la France à cette époque. (Cladière, préface de l'*Histoire de Vassivière*).

(2) Archives de Besse.

solennellement la messe de saint Louis, devant une assemblée considérable (1).

Le 30 mai 1632, la paroisse de Saint-Amant-Tallende vint à son tour solliciter la cessation du fléau. Le lendemain, Le

La Messe en plein air   (Cl. abbé Batteux).

Crest et Cournon remplaçaient Saint-Amant aux pieds de la Madone.

Enfin les mauvais jours passèrent ; mais les hivers avaient passé, eux aussi, sur l'humble chapelle bâtie en 1555, et ils

---

(1) Archives de Besse. — Saint Louis est le second patron de Vassivière. Les offices de la paroisse de Besse se célèbrent à Vassivière le dimanche qui suit la fête de saint Louis. Peut-être y a-t-il là quelque tradition se rattachant à l'ancienne église paroissiale de Vassivière ? Les franchises de Besse avaient été accordées par Bertrand de La Tour, mort à Tunis avec St Louis. Ne semble-t-il pas naturel que l'on ait donné à Vassivière St Louis pour patron comme à la paroisse de La-tour même !

lui avaient porté de terribles atteintes (1). En 1633, la voûte menaçait ruine du côté du levant ; il fallut pourvoir à la réédification de cette partie du monument. On décida d'abattre tout le chevet et de le refaire à neuf, en ajoutant deux chapelles de chaque côté, l'une au nord, l'autre au midi, ce qui devait donner à l'église la forme d'une croix latine.

Un marché rédigé par Cladière, notaire royal, le 28 août 1633, et conservé aux archives municipales, nous fait connaître l'ensemble des travaux qui furent confiés à Jean Lenoir et à Simon Puyssouchet « maçons architecteurs tailleurs de pierres », demeurant le premier à Clermont, et le second à Serre-Soubtrane (2), paroisse de Besse. Le prix fut fixé à 2.700 livres payables par fractions, savoir : un tiers immédiatement, le second tiers dès que la bâtisse serait à la hauteur de six pieds « par-dessus le pavé de l'église », et enfin le surplus après l'achèvement des travaux. « Ledit marché fait à Besse, maison de M. Antoine Deserres, licencié ès lois, lieutenant-général de ladite ville, en présence de honorables hommes Jacques Besseyre, seigneur de Chandèze, bourgeois en ladite ville de Besse, Michel Fohet et Gilbert Lamothe, prestres luminiers et marguilliers de l'église Sainct André de la ville de Besse, Jehan Fohet et Michel Passience, consuls la présente année de la dite ville » (3).

Un conseiller à la Cour des aides de Clermont, Jean Boëtte, avait promis la somme de 1.000 livres aux luminiers de Besse pour la construction des chapelles latérales portées dans le marché. Ce généreux bienfaiteur s'acquitta entre les mains des entrepreneurs, le 5 janvier 1634 (4). Les travaux de restauration commencèrent au mois de juin de cette même année. La moitié seulement de la chapelle fut abattue et reconstruite, ainsi que nous l'apprend une note du curé Deserres, au registre des actes de baptême : « Le dernier jour de juin 1634 furent commencés les fondements de la sainte chapelle de N.-D. de Vassivière, du côté de la montagne de Chambourguet, par

(1) Il est à croire que ce fut plutôt un vice de construction, si l'on en juge par la déformation évidente des deux travées qui subsistent.

(2) Serre-haut, village de Besse.

(3) Archives de Besse.

(4) Quittance reçue Sorron, nre à Clermont. (Archives de Besse).

M. Jehan Lenoir, Clermontois, et Simon Pissouchet, de Serre-Soubtrane..... et on tomba la moitié seulement, du côté du grand autel, chose étrange que la moitié de ladite chapelle demeura pour y faire la dévotion, y ayant deux autels pour y célébrer la sainte messe ».

Mgr Joachim d'Estaing, qui avait une grande dévotion à Notre-Dame de Vassivière, vint se rendre compte par lui-même, le 17 novembre suivant, de l'état des travaux. Le 26 juillet 1635, ceux-ci étaient suffisamment avancés pour qu'un à-compte de 486 liv. 12 sols pût être payé aux entrepreneurs ; enfin tout fut parachevé pendant l'été de 1636 (1).

« Le 9 juillet 1636, nous dit le curé Deserres, fut commencée la voûte de la chapelle de M. Boëtte, conseiller pour le roi en la Cour souveraine des aides à Clermont-Ferrand, ladite chapelle dédiée à saint Joseph. » Et un peu plus loin : « Le dimanche 24° d'août 1636, jour et fête de saint Barthélemy, environ les onze heures du matin, furent posées les armes en pierre de M. le conseiller général Boëtte en la Cour des aydes de Clermont-Ferrand, dans la chapelle de saint Joseph, en la clef de la voûte de ladite chapelle (2), pour laquelle construire comme bâtir ledit sr Boëtte a donné 1.000 livres ; lui comme Mlle sa femme présente. Ont signé au livre des messes tenu à Vassivière ledit sr Boëtte, Deserres, lieutenant de Besse et Ravel, Fohet, marguillier, Bresson jeune, Cohalion, Lamothe, tous prêtres de l'église de Besse, étant ce jour à Vassivière. Ledit Sr Boëtte a donné en outre aux communalistes et filleuls de l'église Saint-André de Besse 500 livres en fondation pour dire trois messes hautes. Ledit jour 24 août, toute la voûte, tant de l'église que chapelle fut faite et parachevée. »

Le 13 septembre 1636, on célébra pour la première fois la messe dans le sanctuaire neuf, au grand autel, « y ayant un autel portatif ».

Tous ces renseignements nous sont fournis par les registres de catholicité conservés aux archives municipales de Besse.

---

(1) Documents aux archives de Besse.

(2) Les armes du conseiller Boëtte se blasonnent ainsi : de gueules au chevron d'or, chargé d'une étoile et de deux huchets de même, accompagné, en chef, de deux étoiles, et, en pointe, d'un croissant surmonté d'une tour à poivrière ; le tout d'argent, l'écu sommé d'un casque d'écuyer avec ses lambrequins.

Nous ne fermerons pas le registre de 1636, sans donner encore une des notes qu'il renferme, non pas que nous y trouvions un fait historique important, mais simplement parce que nous tenons à montrer que le curé Deserres et son vicaire Prades, chargés alors de rédiger les actes de l'état civil, étaient doués d'un véritable esprit d'observation auquel nous devons maints détails que nous sommes heureux de recueillir, parce que c'est avec ces miettes-là que se fait l'histoire.

« Le 17 juin 1636, lisons-nous à l'une des pages du registre, la curiosité a porté M. Antoine Prades, vicaire, à savoir le nombre de pas de la sainte chapelle de N.-D. de Vassivière jusques à la porte de la ville de Besse dite du Mezet, et les a nombrés aussi fidèlement qu'il lui a été possible, en assez grands pas. Ledit Prades a ainsi compté 7.950 pas : soit, de la chapelle à la croix, 300 ; de la croix au pied de la montagne, 700 ; du pied de la montagne à la fontaine de Gouelle, 500 ; de la fontaine au pont, en venant au Jallat (1), 600 ; du pont à la Croisette, 600 ; de la Croisette au Jallat qui appartient à M. le procureur Fohet, 700 ; du Jallat à la carrière où l'on prend la pierre pour bâtir la chapelle de Vassivière, 800 ; de la carrière à Besse, 3.750 pas ».

Nous voyons dans un autre registre que ce fut « haute et puissante dame Catherine de Tréfort, femme à Mgr le marquis de Canillac, qui donna 600 livres pour bâtir l'autre chapelle au midi ». Et la note, confirmant ce que nous avons déjà dit, ajoute : « On construisit cette année-là, 1636, le chœur de ladite église de Vassivière, et les deux petites chapelles aux côtés ».

Aux clefs de voûte de la nef de l'église on remarque, à la première nervure, près de la porte d'entrée, le blason des La Tour d'Auvergne (d'azur, à une tour d'argent, l'écu semé de fleurs de lys d'or) ; et à la seconde nervure, les armoiries de Catherine de Médicis, accolées de celles du roi Henri II, son mari (trois fleurs de lys), le tout surmonté de la couronne royale et accosté des lettres H.-R., c'est-à-dire *Henricus rex*. Catherine de Médicis, en effet, appartenait par sa mère, Madeleine de La Tour, à la famille de La Tour d'Auvergne, et elle avait recueilli dans l'héritage maternel les terres de Besse et de Ravel, et la montagne de Vassivière. Il est à noter,

(1) Le domaine du Gelat, au-dessous du lac Pavin.

toutefois, que les La Tour d'Auvergne n'étaient ni patrons ni fondateurs de la chapelle de Vassivière, et que c'est par pure courtoisie que leurs armes furent appendues aux voûtes par les constructeurs de l'édifice. Lorsque le marquis de Broglie fut devenu propriétaire de la châtellenie de Besse (1668), il revendiqua, ainsi que nous le verrons un peu plus loin, la chapelle du pèlerinage comme appartenant à la seigneurie par lui acquise, mais les marguilliers de Besse ayant protesté, il ne put maintenir ses prétentions.

La partie de la chapelle qui porte ces blasons est tout ce qui reste de la construction de 1555. La malfaçon qui avait amené la ruine du chœur semble assez apparente. Là voûte n'est pas en ogive, comme les nervures en donneraient l'illusion de prime-abord. Elle se rapproche plutôt du plein cintre. Aussi la poussée exercée sur les murs obligea les administrateurs à consolider cette partie ; on buta le pignon par un mur en glacis, qui porte la date de 1645. On verra plus loin la quête demandée pour le surplus des consolidations.

Les travaux de restauration étaient à peine achevés, lorsque le pape Urbain VIII, à la prière d'Adrien Dufour, religieux Récollet, accorda, pour sept ans, à la chapelle de Vassivière, des indulgences plénières qu'on pouvait gagner à certaines fêtes. Adrien Dufour vint à Vassivière, pendant les fêtes de la Pentecôte 1639 ; il promulgua le bref du Souverain Pontife, et 15.000 pèlerins assistèrent à cette imposante cérémonie (1).

Pendant que le Père des fidèles ouvrait ainsi pour notre chapelle les trésors spirituels de l'Eglise, de généreux pèlerins s'empressaient, de leur côté, de meubler et d'orner l'humble sanctuaire. Cladière nous apprend que le maître-autel avait un retable, et qu'au-dessus était placé un tableau représentant la Visitation de la Sainte Vierge, « qu'on assure être une pièce d'un goût fin et très finie » (2).

Ce tableau était un don de « noble Pierre Cisterne, de la ville d'Issoire », élu en l'élection de Clermont, lequel fit poser

---

(1) Archives de l'église de Besse. — Chaix, *Hist. de N.-D. de Vassivière*, p. 104. — En 1645, fut érigée la croix qui est devant la porte de la chapelle. Une inscription porte B. H E RA que nous proposons de lire B. HERAUD.   V D

(2) Cladière, p. 41.

également « toute la boiserie, le retable et les cloisons, pour la somme de sept à huit cents livres », en l'année 1641 (1).

Nous apprenons encore par Cladière que cinq grandes lampes étaient suspendues devant le tabernacle doré, mais une note inscrite sur les feuillets du registre des baptêmes de 1681 nous fait connaître d'une façon bien plus explicite les dons faits à la chapelle depuis l'année 1636. Cette note est intitulée : « *Mémoire de l'argenterie donnée à la saincte chappelle de Nostre-Dame de Vassivière pour l'acquittement de plusieurs vœux faits à Dieu en l'honneur de la ditte Vierge par plusieurs personnes dévottes, puis l'année 1636, auquel temps on y bastit le cœur de la ditte église et les deux petistes chapelles aux costés* ».

De ce mémoire nous extrayons textuellement ce qui suit, se rapportant aux offrandes les plus importantes :

« Honorable homme Michel Beaune et honneste femme Marguerite Niron, sa consorte, donnèrent un pair de chandeliers d'argent en partie dorés, l'année 1637.

« La mesme année Mr Guérin, receveur des consignations à Clermont, donna une lampe d'argent, et puis ce temps Mr du Farnois, seigneur en la Marche, donna pour illuminer la dite lampe douze vingt livres (2) dont on paye la rente aux fabriciens de Vassivière, douze livres chaque année.

« L'année 1634, noble dame Gaspard de Laiser, femme à Jehan Deraudy, seigneur de Rocques, Saint-Diéry et Montplaisir, escuyer ordinaire de la grand escurye du roy, donna deux couronnes d'argent dorées faites à l'impériale, l'une pour l'image du grand autel, l'autre pour l'image de la petite chapelle.

« La mesme année ou tost apprès, noble Jehan Goy, conseiller en la cour des aydes à Clermont-Ferrand, donna une lampe d'argent, et douze vingt livres pour l'entretenement de la dite lampe.

« L'année 1638, demoiselle Jehanne Poisson, de Clermont, donna une autre paire de chandeliers d'argent.

« L'année suivante fust donnée une couronne d'argent par Mr Montchoson, orfeuvre de Clermont, pour la grande image.

---

(1) Registre des baptêmes aux archives municipales.
(2) 240 livres.

« L'année 1640 fust donnée une grande lampe d'argent par
Mⁱ François d'Estaing, seigneur de Murol, Papon et autres
ses places ; comme aussi par Marie de Bussy de Tavanes sa
consorte, et la somme de trois cents livres pour l'entretenement de la dite lampe, pour satisfaire à leurs vœux.

« Le 20 septembre 1647 fust donné un calice doré en partie,
par la veufve de Mⁱ Figeat, conseiller à la cour des aydes à
Clermont-Ferrand, la dite demoiselle estant de la ville
d'Issoire.

« Le 2 juillet 1655 fust donnée une petite croix d'argent
garnie de reliques Saint-Amable, par François Bertrand de
Riom d'Auvergne.

« Le 22 d'aoust, par Louise d'Estaing une douzaine de
petites perles.

« Le 25 du dit mois d'aoust fust donné un cordon de perles
contenant cent seize grains, par Madame de Montflorin, proche Vic-le-Comte.

« Le 8 septembre, Mⁱ Pigeon, greffier à la cour des aydes
à Clermont, donna un petit crucifix d'argent attaché à une
croix d'esbaine.

« Le 15 d'aoust 1656, noble Estienne Vachier, sieur des
Saulces, président aux esleux à Clermont, donna un calice
d'argent.

« Le 23 juin 1659, madame Laroche, du Crest, donna un
calice d'argent.

« Le 3 octobre, Mⁱ de Vinselles, président au présidial
d'Auvergne, pour satisfaire à son vœu, donna un grand ciboire
d'argent.

« Le vingt-quatriesme du dit mois, haulte et puissante dame
Catherine de Tréfort envoya à la ditte saincte église de Vassivière une grande lampe d'argent pesant environ dix marcs,
tant à son nom comme de monsieur le marquis de Canilhat,
son mary, et l'a entretenue d'huile jusques à présent, et a
chargé laditte dame ses héritiers, l'année 1667, de donner à
Vassivière 300 livres à son décès pour l'entretien de laditte
lampe.

« Le 2 febvrier 1661, Mⁱ de Baude envoya à la chapelle
un calice d'argent.

« Le 22 septembre, demoiselle Françoise Pasqual, veufve
de feu Mⁱ de Condat, a donné deux petites couronnes d'argent.

« L'année 1662 et le 28 octobre, honorable homme Jehan

Ramade, procureur fiscal de Tauves, et demoiselle Louyse Dauphin, sa consorte, ont donné une paire de burettes d'argent pesant un marc.

« Le quatriesme mai 1664, honorable homme Jehan Monnet, marchand de la ville de Saint-Germain-en-Lambron, a donné à la susditte chapelle un grand ciboire d'argent pour l'acquittement de son vœu.

« L'année mil six cent soixante-huict, noble Jehan de Laizer, seigneur de Seaugeac et baron de Compeins, et Jehanne de Belinné, sa consorte, donnèrent audict lieu de Vassivière un tabernacle en bois doré, et fut posé sur le grand autel de laditte chapelle le quatriesme novembre de la susditte année 1668 ».

Nous jugeons inutile de relever tous les dons de colliers de perles, de croix d'or et d'argent, de petits reliquaires, bagues d'or, cœurs d'argent ; nous tenons seulement à constater que le pauvre comme le riche avait à cœur de témoigner sa reconnaissance à la Reine du ciel et de la terre qui, invoquée sur cette montagne de Vassivière, n'a jamais laissé une prière inexaucée.

Le trésor de la chapelle avait aussi de nombreux reliquaires dont les deux plus précieux se voyaient sur le grand autel. L'un, donné par Anne Vezinet, en 1553, contenait des cheveux de la Sainte Vierge ; l'autre, fabriqué à Clermont en 1641, et ayant la forme d'une statue de Notre-Dame, renfermait un morceau de la tunique de la Mère du Sauveur, et des reliques de saint Laurent, saint Sébastien, saint Blaise, saint Benoît, saint Julien, etc. (1).

Malheureusement, les richesses de Vassivière excitèrent la cupidité des voleurs. Dans la nuit du 4 au 5 septembre 1669, des malfaiteurs s'introduisirent dans la chapelle et firent main basse sur les vases sacrés, les ornements et les ex-voto. « On emporta six lampes d'argent, nous dit le curé Mathieu (2), deux grands ciboires qui étaient dans le tabernacle et dans lesquels reposait le Très Saint Sacrement de l'autel, quatre couronnes d'argent, une paire de chandeliers, un calice et collier de l'Image de la Visitation, composé et enrichi d'un collier d'or émaillé auquel pendaient quantité de perles, deux

---

(1) *Mémoire des sainctes reliques qui sont enfermées dans nos reliquaires d'argent, réunies le 23 mars 1663.* (Note au registre des actes de baptême).

(2) *Mémoire de l'argenterie*, etc., déjà cité.

ou trois bullettes d'or et deux bagues, et une petite croix d'or ; quatre ou cinq cœurs d'argent avec leurs chaisnettes, six à sept reliquaires d'argent, etc. Plus emportèrent le reliquaire d'argent pesant quatre marcs, fait en figure de la saincte Vierge portant entre ses bras son enfant Jésus, deux paires de chandeliers grands d'estain fin, trois devants-d'autel les plus riches et les crédances, une chasuble de satin, quatre robes de l'Image de la Visitation les plus belles, des écharpes de satin ou taffetas, quelque linge et plusieurs autres belles choses ».

L'un des voleurs fut arrêté deux jours après, par la justice de Besse, dans le village de Védrine-Saint-Loup, dans la Haute-Auvergne, à trois lieues de Saint-Flour. On l'emmena avec la femme de la maison où ses complices avaient fondu une partie des objets dérobés et s'étaient ensuite partagé le butin. On ne put recouvrer que le tiers environ de ce qui avait été volé. L'individu arrêté se nommait David Jalabert, du lieu de Pontvert. Il fut pendu et son corps brûlé sur la grande place de Saint-Flour, le 10 octobre 1669. La femme fut condamnée à un bannissement de trois ans, les biens de son mari furent confisqués et les deux autres voleurs, ainsi que le recéleur, condamnés par contumace à être brûlés vifs. Ce recéleur s'appelait Jean Portail, et était originaire du village de La Fayolle (1).

La nouvelle du sacrilège pillage de Vassivière émut douloureusement les populations. L'évêque de Clermont, Gilbert de Veyny d'Arbouze, écrivit, le 29 octobre, aux curés des seize paroisses les plus voisines de Besse, et les invita à se rendre en procession, les uns le dimanche, les autres le lundi, après la fête de la Toussaint, à la chapelle du pèlerinage, pour prendre part aux cérémonies expiatoires de l'outrage fait au très saint Sacrement. Le concours fut général, chacun voulant expier par ses regrets et ses larmes la profanation dont le sanctuaire de Notre-Dame avait été l'objet. L'année suivante, les prêtres de la collégiale de Saint-André ayant résolu de faire une quête dans le diocèse pour réparer le désastre, adressèrent à l'évêque une supplique pour être autorisés à parcourir les paroisses. Voici le texte de cette supplique, tel qu'on le lit sur une grande

(1) Renseignements recueillis aux notes des registres de catholicité de la paroisse de Besse.

affiche ou placard conservé dans les archives de la mairie de Ravel-Salmerange. Sur le dos de cette affiche sont inscrits les actes de catholicité de la paroisse, pendant l'année 1673 :

« *A Monseigneur,*

« Mon Seigneur Illustrissime et Reverendissime évêque de *Clermont,*

« Supplient humblement les prestres filleuls et serviteurs de l'église collegialle St-*André* de la ville de *Besse,* et vous remontrent avec tout le respect deu à vostre Grandeur, que la Chapelle de *Vassivière* dependante de lad. église, est en très grande nécessité, tant à cause qu'au mois de septembre de l'année 1669, toute l'argenterie fut volée, que parce que la voûte de lad. Chapelle menace d'une ruine totale, ainsi qu'il a paru à vostre Grandeur au mois d'août dernier, qu'elle s'y transporta pour y faire la visite et en outre n'y ayant aucun presbitère capable de loger les suppliants lorsqu'ils vont pour desservir lad. Chapelle et satisfaire aux dévotions des pèlerins, puisqu'ils sont obligés de prendre leurs repas et loger quelquefois dans les hotelleries, ce qui peut causer du scandale ; à quoi les suppliants ne pouvant remedier, leurs revenus n'étant pas mêmes suffisants pour les nourrir et entretenir, à cause qu'ils sont en grand nombre, ce qui les a obligés de recourir à votre autorité. Ce considéré, Monseigneur, il vous plaise permettre aux suppliants de faire la quête dans l'étendue de votre diocèse pour subvenir aux nécessités cydessus et enjoindre à tous les curés et vicaires d'y exhorter leurs paroissiens et les suppliants continueront leurs vœux et prières pour la prospérité de votre Grandeur et signé :

« G. Jaëtz, *baile.*

« G. Babut, *marguillier* ».

Mgr de Veyny d'Arbouze s'empressa d'accéder à cette requête et délivra l'autorisation dont la teneur suit :

« Veu ladite requête........ avons permis et permettons aux suppliants de faire la quête dans notre diocèse pour les Réparations de lad. Chapelle de N.-D. DE VASSIVIÈRE *si sainte et si considérable par le nombre des miracles que Dieu y opère très souvent par l'intercession de la Glorieuse Vierge sa mère,* et pour subvenir aux autres nécessités énoncées en lad. requête:

Mandons aux prieurs, curés et vicaires de notre diocèse de les recommander en leurs prônes de messe de paroisse et afin que les préposés esd. quêtes en puissent rendre un compte véritable à ceux qui auront droit de recevoir lesd. charitez, enjoignons auxdits prieurs, curés et vicaires de leur donner certificat des aumones qu'ils auront recueillies dans leur paroisse et d'en garder une copie pour la représenter quand besoin sera.

« Ces présentes valables pour un an seulement.

« Donné en notre chateau de *Beauregard*, le 15° octobre 1671 et signé :

« GILBERT, *évêque de Clermont* ».

Et plus bas :,

« Par commandement de mond. seigneur,

« CAILHOT, *secrétaire* ».

Cette autorisation fut renouvelée le 6 septembre 1672 (1) Le produit des quêtes permit de construire l'habitation des prêtres qui desservirent le pèlerinage, et cette construction buta le mur Nord de la Chapelle. On buta les angles du pignon par deux contreforts, et le mur Sud par deux autres, dont l'un porte la date 1675. La piété des pèlerins ne laissa pas longtemps dans son dénuement le trésor de la chapelle. Il y eut comme un assaut de générosité, de la part des riches aussi bien que des pauvres, pour réparer les pertes subies. Le *Mémoire de l'argenterie*, que nous avons déjà cité, nous donne le détail des principaux dons qui furent faits à cette époque et pendant les années suivantes, jusqu'en 1681. Nous transcrivons textuellement :

« La susdite année 1669 et deux jours après le pillage et sacrilège fait à la chapelle de Vassivière, madame la duchesse de Noailles envoya et fit présent d'un grand ciboire d'argent au dit Vassivière qui y fust porté et bénit par M. Garnier, official de Clermont, qui fut le septième septembre de la susdite année 1669.

« Le seizième dudit mois de septembre 1669, M. Concordant, marchand épicier et droguiste de Clermont, porta à Vassivière une lampe de cuivre argenté.

---

(1) Chaix, *Hist. de N.-D. de Vassivière*, p. 142.

« La mesme sepmaine un certain bienfaiteur donna un miroir fait en verre enchassé d'argent.

« Le 26 juillet 1670, damoiselle Françoise Ramade, veufve de feu Antoine Sartillanges, du bourg de Laqueille, donna une bague d'or et le lendemain on donna un petit reliquaire d'argent couvert de deux cristaux.

« Le douziesme septembre 1670, une femme d'Issoire donna un petit reliquaire d'argent, et le 15 suivant un orfèvre en donna un autre, et quinze jours après on donna un petit cristal fait en ovale entouré d'argent.

« L'année 1670, on fit faire avec l'argenterie recouvrée à la prise de David Jalabert, l'un des voleurs qui pilla la chapelle de Vassivière, deux grandes lampes, un reliquaire fait en image de la Vierge et un grand encensoir.

« Monsieur Pascal, procureur du roi au présidial de Clermont, porta à Vassivière deux grandes pairs de chandeliers d'argent et envoya une belle croix d'argent assise sur son pied, le 27 décembre 1670.

« Monsieur de Fontenilles, de Clermont, porta à Vassivière (le 9 juillet 1671) deux grandes pairs de chandeliers' d'argent, suivant le vœu qu'il avait fait étant en Candée quelques années auparavant.

« Honorable homme Jehan Monnet, marchand de la ville de Saint-Germain en Lembron, donna à Vassivière une pair de chandeliers d'argent le 21e mai 1672.

« Honorable homme Jehan Piniol, marchand bourgeois de la ville d'Issoire, donna à Vassivière une grande lampe d'argent, le second jour de juillet mil six cent septante quatre, étant roi ladite année du reinage de la Visitation, à quatre-vingt-dix livres.

Le 21 septembre 1674, M. Vilot, procureur ès cour de Clermont, donna à Vassivière une pair de burettes d'argent.

« Le 12 aoust 1676, M. le procureur de Salers donna une lampe d'archenie.

« Honorable homme Pierre Arnaud, marchand, résidant pendant sa maladie à Autrages, donna par son testament à Vassivière une lampe d'argent de la valeur de 150 livres, laquelle y fut portée le 28 mai 1678 et cousta à la fabrique de notre ville 24 livres de surplus.

« M. Moreoles, prestre d'Issoire, porta à Vassivière une petite lampe d'argent, au nom d'un bienfaiteur, le 12 novembre 1679.

« Monsieur de Chazeron donna à Vassivière un grand cœur d'argent couronné en façon d'épines, pesant deux marcs, le douziesme de septembre 1681 ».

Faut-il maintenant relater tous les titres de fondations concernant Vassivière et conservés dans nos vieilles archives ? Est-il nécessaire de faire une longue énumération ? L'analyse de quelques actes suffira, croyons-nous, pour montrer que

(Cl. M. d'Hauterive).

dans ces temps de foi toutes les classes de la société tenaient à marquer leur dévouement à Notre-Dame : nobles, bourgeois, laboureurs, tous avaient une pensée d'amour, tous avaient un élan de cœur pour cette Mère si tendre, si compatissante, si miséricordieuse, et, à l'article de la mort, chacun se plaçait sous sa sauvegarde pour le jugement redoutable.

Voici d'abord le comte François d'Estaing qui, « présent en son château de Murols », fait don à la chapelle de Vassivière, par acte aux minutes de Cladière, le 1er octobre 1650, d'une lampe d'argent « de notable valeur où ses armes sont gravées », et, pour entretenir cette lampe, « afin qu'elle soit allumée tant de nuit que de jour au-devant du maître-autel », le châtelain de Murols délègue aux marguilliers une somme de 15 livres à recevoir des tenanciers de la montagne de Marnon, lui appartenant, et sise dans la justice de Murols, « advenue audit seigneur par le décès de feu Mgr l'évêque de Clermont, son frère ».

Puis c'est Jean de Laizer, sieur de Siougeat et de Châteaugay qui « mû d'une particulière dévotion envers la glorieuse Vierge Marie, Mère de Notre Sauveur et Rédempteur Jésus-Christ, invoquée présentement en la chapelle de Vassivière », fonde à perpétuité dans la dite chapelle sept messes à haute voix, « pour être célébrées aux principales fêtes solennelles de cette sainte Dame, qui sont la Conception, la Nativité, Présentation, Annonciation, Visitation, Purification et Assomption », à l'intention du fondateur et de sa femme, Jeanne de Bélinet, et de tous ses parents, tant vivants que trépassés. Après la célébration de chaque messe, l'officiant devra réciter les litanies de la sainte Vierge, si le fondateur, sa femme ou quelqu'un des siens est présent, « et s'il advenait que le mauvais temps empêchât Messieurs de l'église de Besse de se transporter en la chapelle de Vassivière aux solennités qui se présentent pendant l'hiver des sept fêtes susnommées, la messe, en ce cas, sera célébrée dans l'église de Besse, en la chapelle de Notre-Dame-du-Rosaire ». Le fondateur s'engage à payer la somme de huit vingts livres (160) ou huit livres de rente annuelle. (Acte reçu par Cladière, notaire, le 20 novembre 1652, « en la maison de honorable homme Jean Duchier, greffier de la justice de Coteuge, en présence de Michel Feydit et Antoine Cladière, prêtres) ».

Vers 1640, Benoîte Lolier, veuve de Michel Feydit, ancien marchand à Besse, fit élever une croix de pierre sur la route conduisant du bas de la montagne à la chapelle.

Au début de cette route, au pied de la côte, existait déjà une grande croix que nous voyons mentionnée dans plusieurs titres. Ou plutôt, il y eut deux croix. De la première, il ne reste que le socle. C'est un bloc de lave à andésite, taillé en pyramide irrégulière à cinq pans. Sur le plus large est une inscription en relief dont voici la teneur :

(C)ESTE I CROIX I A I
ESTE 1 FAICTE I PAR
LVCIEN I GVITARD I
MASSON 1 DE 1 BESSE I ET
DONNEE I LE 1 VI I SEPTEM
BRE I LAN I MIL Vᶜ I XXVI

C'est-à-dire : cette croix a esté faite par Lucien Guitard, maçon de Besse, et donnée le 6 septembre 1576. (1)

Le socle de la seconde croix a été superposé à celui de la première. C'est un bloc de lave en pyramide quadrangulaire qui porte cette inscription :

CESTE — CROIX
A — ESTE — ERIGEE
PAR — M — IEAN — BE
SSEYRE — ET — IEAN
BABUSSON — 1635

C'est-à-dire : Cette croix a été érigée par M. Jean Besseyre et Jean Babusson, 1635.

La croix de Benoîte Lolier fut érigée à mi-chemin, à égale distance de la chapelle et de la grande croix primitive. Par son testament du 27 octobre 1648, la veuve Feydit fit un legs de 20 livres aux prêtres de Besse pour qu'à perpétuité ils chantassent un salut à son intention, devant la croix par elle érigée, « toutes et quantes fois que les dits prêtres partiront de la chapelle pour s'en retourner en procession en l'église de Besse ».

Le 17 février 1650, Marguerite Moret ou Mouret, femme de Jean Pomarat, alitée dans sa maison, à Besse, quartier de l'Admirat, dicte ses dernières volontés au notaire Boyer. Elle expose que la maladie qui l'accable depuis longtemps « a été grandement fâcheuse à son mari qui n'a pu entretenir son

---

(1) Nous proposons de lire 1576, peut-être faudrait-il lire 1526. Il n'est pas possible de savoir si le trait qui suit Vc est un trait ou une L brisée.

La lecture en est facile à 2 heures de l'après-midi, parce que le soleil à ce moment frappe obliquement les lettres en relief et détermine des ombres qui les soulignent. A remarquer que chaque mot est séparé du suivant par un trait vertical en relief.

commerce ordinaire avec ses mules et chevaux dans les provinces de Languedoc et autres ; que celui-ci a dépensé beaucoup
pour médecins et chirurgiens, ce dont elle le remercie en lui
faisant un legs de 200 livres ». En outre la testatrice fonde
une messe haute le jour de la Nativité de Notre-Dame, dans la
chapelle de Vassivière, et une autre messe haute dans la chapelle de Lorette de La Villetour, le jour de la fête de sainte
Marguerite.

Simon Matheuf, laboureur à l'Esclause, paroisse d'Eglise-
neuve, lègue aux termes de son testament rédigé par Papon,
notaire, le 25 septembre 1681, une rente annuelle de 15 sols,
pour une messe basse.

Mathieu Meynial, du village de La Villetour, fait un legs
de 60 livres, le 25 octobre 1685.

Michel Chabaud, marchand à Peallat, fonde une messe
chantée, moyennant une rente perpétuelle de 3 livres, le
6 septembre 1694, par devant Ribeyre, notaire à Besse.

Arrêtons ici nos citations. Il nous suffit d'avoir prouvé par
ces quelques documents que les fidèles de Vassivière se
rencontraient à tous les degrés de l'échelle sociale ; dans les
châteaux comme dans les chaumières, la pure image de Notre-
Dame rayonnait et emplissait les cœurs de confiance et
d'espoir.

C'étaient les prêtres communalistes de l'église de Besse qui
étaient chargés par tous ces pieux fondateurs, par ces testa-
teurs pleins du souvenir de la Vierge de la montagne, d'accomplir les volontés suprêmes, d'assurer l'exécution des legs.

Ils étaient d'antique origine, ces prêtres ; leur communauté
remontait au xve siècle ; ils avaient des statuts qui dataient
de l'année 1447 et qui avaient été approuvés à l'officialité de
Clermont, le 11 septembre 1497 (1) ; mais leur existence était
bien antérieure aux règlements qui les régissaient, car leur
établissement dans les paroisses se confond avec la formation
des premiers centres chrétiens de l'Auvergne. A Besse, ils
étaient nombreux. On en comptait plus de 60, au milieu du
xvie siècle, au dire de Cladière. En 1621, ils étaient encore
une vingtaine dont nous trouvons les noms dans un acte capitu-
laire de cette époque : Guillaume Meynial, Jean Deserre,

---

(1) Archives de Besse.

Guillaume Rigaud, Durand Allebrot, François Brosson, Géraud Bouschard, Antoine Chabasse, Jean Feydin, Guillaume Deserre, Jacques Pagenel, Jean Boutyron, Girard Chanet, Jean Renéchat, Antoine Cladière, Julien Toureint, Jacques Boylon, Michel Fohet, Julien Valon, Antoine Babut, Jean Crégut, Michel Serre, Michel Allègre. Tous les jours ils chantaient matines et célébraient les messes de fondation ; les dimanches et jours fériés, ils assistaient à la grand'messe aux vêpres et aux processions (1).

Gardiens attitrés du pèlerinage, ils se montraient en toute occasion ses défenseurs dévoués. Nous avons retrouvé çà et là d'intéressantes traces de leur vigilance et de leur zèle, et, entr'autres, une ordonnance du juge châtelain de Besse rendue à leur requête, le 12 juillet 1659, pour assurer la décence et le bon ordre dans le lieu de Vassivière. Aux termes de cette ordonnance, il était défendu aux hôtes et cabaretiers de Vassivière de donner à boire aux vachers des alentours, à peine de 50 livres d'amende, et tout rassemblement devant la porte de la chapelle était interdit sous pareille peine (1).

En 1686, le propriétaire de la seigneurie de Besse, M. le marquis de Broglie, voulant percevoir certaines redevances, fit publier en chaire, à la messe paroissiale, la nomenclature des terres et fiefs relevant de sa seigneurie. L'église de Vassivière se trouvait comprise dans la publication. Aussitôt les communalistes protestèrent et firent dresser acte de leur protestation par un notaire royal, Me Chanteloube, le 8 juillet 1686, « la chapelle n'appartenant pas au dit de Broglie, comme n'en étant ni patron ni fondateur, mais étant la propriété exclusive de la communauté des prêtres de l'église Saint-André de Besse qui depuis la construction de la dite chapelle y ont seuls fait et fait faire les services divins et les feront aussi à l'avenir (2).

Les prétentions du marquis de Broglie étaient, en effet, mal fondées ; elles ne purent prévaloir et les communalistes continuèrent à desservir le pèlerinage.

Ils le desservirent avec le même zèle, jusqu'à la Révolution, ainsi que nous l'apprend une pétition, par eux adressée à

---

(1) Règlement du 11 juillet 1621, approuvé le même jour par Mgr Joachim d'Estaing, évêque de Clermont, ce jour-là de passage à Besse. (Archives de Besse).

(2) Archives de Besse.

l'Assemblée nationale, le 24 septembre 1790. On les avait oubliés dans la distribution des pensions ecclésiastiques, « et cependant, disent-ils, dans leur réclamation, ils n'ont plus pour vivre que quelques modiques fondations mal payées, alors qu'ils remplissent fort exactement tous leurs devoirs de citoyens et de prêtres, faisant l'office canonial, confessant, prêchant, administrant les sacrements dans la paroisse. Chacun à leur tour, le printemps, l'été, l'automne, quelque mauvais temps qu'il fasse, ils vont à Vassivière, éloigné d'une lieue et demie de leur résidence, pour y donner la messe, les dimanches et fêtes, messe que les vachers, batiers et *gourris* (petits pâtres) des montagnes voisines, et une foule de pèlerins et voyageurs y perdraient sans eux » (1).

Magré l'appui que leur prêtait la municipalité de Besse, on n'écouta point les communalistes. D'ailleurs, deux ans on n'écouta point les communalistes. D'ailleurs, deux ans après, ils étaient dissous et plusieurs d'entre eux partaient pour l'exil.

---

(1) Archives de Besse.

VI

VASSIVIÈRE AU XVIIIe ET AU XIXe SIÈCLE

Pendant tout le xviiie siècle, les curés de Besse n'ont pas inscrit une seule note concernant Vassivière sur les registres de catholicité ; ils n'ont conservé le souvenir d'aucun fait ayant trait au pèlerinage, aussi c'est à grand peine que nous avons pu recueillir çà et là quelques indications témoignant que le culte de la Vierge était toujours florissant dans ces montagnes.

Le 3 juillet 1711, messire François de Malras, marquis d'Yollet, Entraigues, Beaubost, Auteyras et autres places, et dame Marie de Lastic de Sieugeac, sa femme, se trouvant en leur château d'Entraigues, près d'Egliseneuve, font don à Notre-Dame de Vassivière de la somme de 40 livres, à condition que les communalistes célèbreront deux messes basses, chaque année, dans la chapelle du pèlerinage, à l'intention des donateurs (1).

Deux ans plus tard, le 21 août 1713, le pape Clément XI accorde une indulgence plénière, pour sept ans, à tous ceux qui visiteront, en remplissant les conditions requises, le sanctuaire de la montagne, depuis les premières vêpres de la Nativité de la Sainte Vierge, jusqu'au coucher du soleil du jour de la fête.

Enfin, les prêtres de l'église de Besse ayant, peu de temps après, érigé à Vassivière une confrérie sous le titre de « la Visitation de la sainte Vierge », le souverain Pontife fut sollicité d'accorder, en certains cas spéciaux, une indulgence plénière aux fidèles faisant partie de la confrérie. Par un bref du 3 janvier 1716, Clément XI octroya à perpétuité la faveur demandée. Voici la traduction de ce document, précieux pour Vassivière :

BREF DU 3 JANVIER 1716
Clément XI, Pape
(POUR PERPÉTUELLE MÉMOIRE)

Ayant été informés qu'on était sur le point d'établir dans

(1) Archives de Besse.

la chapelle du lieu de Vassivière, au diocèse de Clermont, une pieuse et dévote Confrérie de fidèles de l'un et l'autre sexe, de quelque profession qu'ils soient, sous le titre et en l'honneur de la Visitation de la bienheureuse et immaculée Vierge, dont ceux et celles qui doivent s'y faire inscrire, sont dans le dessein de pratiquer dans la suite un grand nombre d'œuvres de piété et de charité. Nous, pour faciliter l'accroissement de ladite Confrérie, nous confiant sur la miséricorde du Dieu tout-puissant et sur l'autorité des bienheureux apôtres saint Pierre et saint Paul, accordons au nom du Seigneur une Indulgence plénière et rémission de tous les péchés aux fidèles de l'un et de l'autre sexe qui se feront à l'avenir enregistrer dans ladite Confrérie, et ce, le premier jour de leur entrée, pourvu qu'à tel jour, ils soient sincèrement repentants de leurs fautes, qu'ils s'en confessent, et qu'ils reçoivent le très saint Sacrement de l'Eucharistie. Nous accordons la même Indulgence plénière et rémission de tous leurs péchés auxdits confrères de l'un et de l'autre sexe, qui étant à l'article de la mort, seront sincèrement repentants de leurs péchés, s'en confesseront, et recevront le saint viatique, ou qui étant dans l'impossibilité de le faire, et ayant une vraie contrition de leurs fautes, invoqueront dévotement le nom de Jésus, du moins du fond de leur cœur, s'ils ne le peuvent de bouche. Nous accordons la même Indulgence plénière et rémission de tous leurs péchés auxdits confrères de l'un et l'autre sexe, et à tous ceux et celles qui se feront, dans la suite des temps, inscrire et recevoir dans ladite Confrérie, qui, depuis les premières vêpres du jour de la principale fête de ladite Confrérie jusqu'au coucher du soleil dudit jour, étant aussi vraiment contrits, confessés et communiés, visiteront dévotement chaque année, audit jour, la chapelle de Vassivière, et y feront de ferventes prières pour la paix entre les princes chrétiens, pour l'extirpation des hérésies et pour l'exaltation de la sainte Eglise notre mère, lequel jour sera choisi par lesdits confrères et approuvé par l'Ordinaire. Nous accordons de plus sept années et autant de quarantaines d'indulgences à ceux et celles de ladite Confrérie, qui visiteront dévotement ladite chapelle, y feront des prières comme dessus, autres quatre jours de chaque année, qui seront aussi choisis par lesdits confrères et approuvés par l'Ordinaire, pourvu qu'à tels jours, ils soient de même contrits de leurs fautes, qu'ils s'approchent du sacrement de Pénitence, et reçoivent la sainte

Communion. Enfin, nous voulons que chaque fois que lesdits
confrères de l'un et de l'autre sexe assisteront aux messes et
aux offices qui se célèbreront pendant le cours de l'année dans
ladite chapelle, ou qui assisteront aux assemblées générales ou
particulières de ladite Confrérie, que chaque fois qu'ils loge-
ront dans leur maison quelque personne pauvre, qu'ils mettront
ou procureront la concorde et l'union entre ceux qui sont en
discorde, qu'ils assisteront aux enterrements tant desdits
confrères que des autres fidèles, ou aux processions qui se
font avec permission de l'Ordinaire, qu'ils accompagneront
le très-saint Sacrement, soit dans les processions, soit quand
on le porte aux malades ou autrement, ou bien ne pouvant
l'accompagner, réciteront cinq fois l'Oraison dominicale et la
Salutation angélique pour les âmes des confrères défunts ;
qu'ils retireront quelque pécheur de l'égarement, qu'ils appren-
dront aux ignorants les commandements de Dieu, et les autres
choses qui regardent le salut ; ou, enfin chaque fois qu'ils pra-
tiqueront quelque œuvre de piété ou de charité. Nous voulons
qu'autant de fois pour chacune desdites bonnes œuvres, ils
reçoivent la rémission de soixante jours de pénitence, ou qui
leur sont enjointes, ou auxquelles ils sont, de quelque manière que ce soit, obligés, et ce, selon la forme accoutumée
de l'Eglise.

Les présentes sont valables pour toujours.

Donné à Rome, de.sainte Marie-Majeure, sous l'anneau du
Pêcheur, le troisième jour de janvier mil sept cent seize, et de
notre pontificat le seizième.

Le siège épiscopal de Clermont était vacant, lorsque fut
expédié de Rome le document pontifical ; Bochart de Saron
était mort le 11 août 1715, et Massillon, son illustre successeur, ne devait être sacré que le 31 décembre 1718. Les
vicaires généraux administraient le diocèse. Ce fut l'un d'eux,
M. de Champflour, qui autorisa, le 12 mai 1716, là publication
du bref de Clément XI. En outre, il désigna et approuva pour
principale fête de la Confrérie le jour de la Visitation, et pour
les quatre autres jours de l'année, mentionnés dans le titre, il
fixa le lundi de la Pentecôte, la fête de saint Louis, la Nativité
de la Vierge, et le dimanche qui suit la fête de saint Mathieu.

La confrérie de la Visitation jouit immédiatement d'une
grande faveur parmi les fidèles. Un registre conservé aux
archives de Vassivière et portant les noms des associés depuis

5

la fondation, témoigne, par le nombre des inscriptions, de la popularité de cette œuvre qui, d'ailleurs, subsiste toujours, aussi florissante que par le passé (1).

Un autre document qui démontre que la confiance en la Vierge de Vassivière survivait dans les cœurs, malgré les sataniques attaques de l'esprit philosophique, c'est une délibération de la municipalité de Besse, en date du 22 juin 1737, retrouvée dans les vieilles archives, et contenant une vœu à Notre-Dame, pour obtenir la cessation de maladies épidémiques qui sévissaient alors avec une certaine violence dans le pays. Les consuls de la ville s'engagèrent à faire brûler, pendant neuf jours, devant l'image de la Vierge, 27 livres de cire, et à faire célébrer une neuvaine de messes. Chaque jour, durant la neuvaine, une procession générale devait avoir lieu, à laquelle assisteraient les consuls, revêtus de leur robe.

Cependant, depuis longtemps préparée dans les esprits et dans les mœurs, la Révolution éclate ; l'antique société française est ébranlée sur ses bases ; tout l'édifice va s'écrouler.

A ce moment, les prêtres composant la communauté de l'église Saint-André de Besse étaient MM. Douniol, *baile*, Admirat, *syndic*, Chandezon, Jaëtz, Hours, Bohaud, Berthelage, Aubert Le 18 juin 1791, les officiers municipaux de la ville de Besse font l'inventaire du mobilier de l'église, en présence du curé Réol et de son vicaire M. Chadefaud. Nous voyons figurer dans ce titre : « une petite image de la Vierge, en argent, dans la chapelle qui est au haut du chœur ; plus deux rideaux pour la décoration dudit chœur, lors de la feste de l'image de la Vierge ; plus diverses pièces d'étoffes servant à habiller la statue de la Vierge (2).

Si nous ne voyons pas mentionnée dans cet inventaire la statue miraculeuse, c'est que les agents municipaux avaient ordre d'inventorier seulement les objets d'or, d'argent ou de cuivre, le linge et les étoffes ; aucune statue en bois n'est citée dans ce document.

Le curé Antoine Réol ayant refusé de prêter le serment

---

(1) Le 8 septembre, le saint sacrifice est offert pour tous les membres de la Confrérie, vivants et morts.

Les demandes d'admission doivent être adressées à M. le Curé de Besse. On joint l'offrande *d'un franc* pour l'entretien de la chapelle de Vassivière.

(2) Archives de Besse.

constitutionnel, Antoine Admirat le remplaça dans ses fonctions et prêta serment le 24 septembre 1792 (1).

Les communalistes François Aubert, Antoine Bohaud et Michel Douniol, qui s'associèrent au curé pour repousser la constitution civile du clergé, furent déportés avec M. Réol, en thermidor an II (juillet 1794).

Déjà le 25 février de la même année (7 ventôse an II), les six cloches qui se trouvaient dans le clocher de l'église Saint-André avaient été descendues et envoyées à Clermont, pour être transformées en canons. Peu de temps après, le clocher lui-même était démoli.

Quant aux objets du culte, crucifix, tabernacles, confessionnaux et statues, tout, ou presque tout, avait été brûlé dans les derniers jours de novembre 1793, et ces actes sacrilèges avaient soulevé l'indignation et comme des émeutes à Bagnols, à Chastreix, à Picherande et ailleurs.

Que devint la statue de Notre-Dame de Vassivière, au milieu de ces scènes de vandalisme ? Aucun procès-verbal de l'époque ne constate d'une façon expresse son « brûlement ». Les autorités révolutionnaires, voyant de quelle vénération le peuple des montagnes entourait la sainte Image, semblent avoir reculé devant sa destruction par le feu. D'après la tradition, elle aurait été seulement mutilée d'un coup de sabre ou de hache, et des mains pieuses recueillirent ses débris qui furent mis en lieu sûr, jusqu'au jour où, la tourmente étant passée, on les restitua à l'église paroissiale.

En ce qui concerne la chapelle du pèlerinage, sa fermeture eut lieu en même temps que celle de l'église de Besse, c'est-à-dire au mois de juin ou de juillet 1793. Considérée comme n'ayant aucune valeur, estimée d'une défaite impossible, perdue qu'elle est dans ces parages déserts, la chapelle ne fut même pas revendiquée comme bien national. Les fermiers de la montagne de Vassivière se l'approprièrent et en firent une grange ou grenier à foin. Elle suivit donc le sort de cette montagne, et quand celle-ci, qui appartenait à la famille de Lignerac-Caylus, fut vendue par la nation comme bien d'émigrés, le 21 germinal an VII (10 avril 1799) le petit sanctuaire de la Vierge passa aux acquéreurs.

---

(1) Archives de Besse.

Il faut dire ici quels étaient les héritiers de Lignerac, et comment ils possédaient la montagne de Vassivière.

Cette montagne, qui avait 180 têtes d'herbage, c'est-à-dire qui pouvait nourrir 180 bêtes à cornes, faisait partie de l'ancienne seigneurie de Besse, achetée par le comte de Broglie, au XVIIe siècle. Au moment de la Révolution, la seigneurie de Besse était aux mains de Marie-Françoise de Broglie, veuve de Charles-Joseph-Robert de Lignerac. Mme de Lignerac ne quitta point la France, alors que presque tous les autres nobles émigraient à l'étranger, et, par suite, ses biens ne furent pas confisqués. Elle mourut le 26 décembre 1795, laissant pour lui succéder ses deux petits-enfants : Marie de Lignerac, mariée à Olivier de Rougé, et Louis de Lignerac-Caylus, tous deux issus d'Achille de Lignerac, fils unique de Mme de Lignerac de Broglie. Mais Mme de Rougé avait émigré en 1789, Louis de Lignerac en 1791 ; à l'époque où fut vendue la montagne de Vassivière, la seule personne représentant la famille était la mineure Gabrielle-Hortense-Marie de Lignerac-Caylus, fille de Louis, arrière petite-fille de Marie-Françoise de Broglie. A la mort de cette dernière, tous les biens des Lignerac furent considérés comme biens d'émigrés et vendus comme tels.

Ce fut un nommé Antoine Ondet, du lieu de La Rodde, qui, s'associant avec quelques autres particuliers, se rendit acquéreur de la montagne de Vassivière, pour le prix de 21.000 francs.

Cependant, étouffé par les violences, mais indestructible dans le cœur de l'homme, le sentiment religieux commençait, dans les discussions ardentes du Directoire, à élever ses réclamations au Conseil des Cinq-Cents, par la voix éloquente des Portalis, des Camille Jordan, des Royer-Collard. Enfin, le premier Consul, se rendant un compte exact des aspirations du pays, résolut de rétablir le culte catholique, et l'année 1802 vit se rouvrir les églises.

L'honneur de la restauration du culte de Notre-Dame de Vassivière revient à M. l'abbé Seronde qui, au rétablissement du culte, fut chargé par Mgr Duvalk de Dampierre d'administrer la paroisse de Besse. L'un des premiers soins du nouveau pasteur fut de rétablir la confrérie de la Visitation, approuvée en 1716 par Clément XI. Le registre des inscriptions prouve que dès l'année 1805 les fidèles se faisaient re-

cevoir en nombre dans cette association, qui retrouvait ainsi
en peu de temps la prospérité des anciens jours.

Une nouvelle statue, reproduction de l'ancienne, fut placée
dans l'une des chapelles latérales de l'église de Besse, dans
une niche protégée par un petit grillage doré. Il ne restait
plus, pour parachever l'œuvre de restauration, qu'à recou-

vrer le sanctuaire de la montagne ; mais l'église de Besse et
son pasteur étaient pauvres : Dieu suscita une femme pour
accomplir ce que ne pouvait le dénuement de son ministre.

Par actes passés en l'étude de M⁰ Morin, notaire à Besse,
les 18 floréal et 22 prairial an XII (8 mai et 11 juin 1804),
Mlle Marie Admirat, d'une ancienne famille de la contrée, fit
l'acquisition, pour la somme de 2.400 francs, de la chapelle
et du petit oratoire où se trouve la fontaine, chapelle

et oratoire qui étaient aux mains d'Antoine Ondet, ci-dessus nommé, de Michel Vedrine, de La Rodde, et de François Picard, habitant le domaine du Temple, près La Rodde.

La chapelle fut aussitôt réparée et livrée au culte, dès l'année 1805. Deux ans après, le 12 juin 1807, Mlle Admirat faisait donation à la Fabrique de Besse, devant le même notaire Morin, de tout ce qu'elle avait acheté à Vassivière, et un décret impérial, signé au camp de Schœnbrunn, le 1ᵉʳ juillet 1809, autorisa et ratifia la donation. En voici le texte :

Ministère des Cultes
Extrait des Minutes de la Secrétairerie d'Etat
Au Camp Impérial de Schœnbrunn, le 1ᵉʳ juillet 1809
Napoléon, Empereur des Français
Roi d'Italie et Protecteur de la
Confédération du Rhin
Sur le Rapport de notre Ministre des Cultes,
Vu la déclaration de l'Evêque de Clermont,
Sur l'acceptation de la donation ci-après énoncée ;
Notre Conseil d'Etat entendu ;
Nous avons décrété et décrétons ce qui suit :

Art. 1ᵉʳ

Le maire de la commune de Besse, département du Puy-de-Dôme, est autorisé à accepter la donation faite à la Fabrique de l'Eglise Paroissiale dudit Besse par Marie Admirat, suivant acte passé devant Morin, Notaire à Besse, du 12 juin 1807, enregistré le 13 du même mois, et consistant en tous les bâtiments de l'Eglise Vassivière dépendant de ladite paroisse, du logement du chapelain, d'un petit oratoire audessus (1), ainsi que tous les meubles, ornemens, linges qui se trouveront dans ces édifices. Laquelle donation à charge de messes et autres services religieux, aura pleine et entière exécution ; aux charges, clauses et conditions énoncées audit acte, lequel restera joint au présent décret.

_____

(1) Il faudrait : audessous.

Art. 2°

Notre Ministre des Cultes est chargé de l'exécution du présent décret.

Signé : NAPOLÉON.

par l'Empereur

Le Ministre Secrétaire d'Etat : signé, Hugues B. MARET.

Pour expédition conforme :

Le Ministre des Cultes,

Comte de l'Empire,

BIGOT de PRÉAMENAC.

Voici les charges imposées par la donatrice :

La présente donation est faite à la charge par les administrateurs donataires :

1° De faire célébrer pendant la vie de la donatrice à commencer dès que les administrateurs auront obtenu du gouvernement l'autorisation pour accepter ladite donation, six messes dans ladite chapelle par chaque année de la vie de la donatrice.

2° Deux autres messes de mort chaque année et à perpétuité pour le repos de l'âme des familles des vendeurs de la donatrice ainsi qu'elle s'en est chargée elle-même envers eux.

3° Cinq autres messes de mort chaque année et à perpétuité pour le repos de l'âme des père et mère de la donatrice et de la sienne lorsqu'il aura plu à Dieu de l'enlever de ce monde, à la même époque.

4° De faire acquitter chaque année une neuvaine de Litanies devant l'image de la Ste Vierge avant le jour de la Montée de l'image à Vassivière, avec une messe au neuvième jour, le tout aux dépens de la fabrique.

5° De placer dans ladite chapelle où est déposée ladite image et sur toute la longueur du mur en face de l'autel de ladite chapelle, un banc pour la famille de la donatrice tel que ledit banc existait avant pour ladite famille en jouir à perpétuité.

6° Et enfin à la charge par les Donataires de conserver et entretenir lesdits bâtimens à perpétuité pour l'exercice du culte catholique, et d'entretenir les Chapelle et Banc aux dépens des oblations des fidèles, dont la donatrice se réserve de continuer la surveillance, régie et administration. Lesquelles oblations seront employées à cet entretien par préférence et sans pouvoir être détournées à un autre usage, à moins qu'elles n'excédassent les frais de cet entretien : et dans le cas ou par quelqu'événement imprévu, ces bâtimens deussent cesser de servir au culte, elle veut et entend qu'ils soient vendus et le prix en être employé en achapt de rentes au profit des pauvres de la commune suivant les lois qui existeront alors, clause essentielle et de rigueur sans laquelle la présente donation n'aurait pas été faitte, chargeant expressément la conscience de messieurs les administrateurs actuels et leurs successeurs de l'exécution littérale de clauses de la présente donation......

Les bienfaits de cette donation se sont fait sentir pendant un siècle ; pendant un siècle les charges ont été fidèlement exécutées, mais qu'en sera-t-il demain, puisque les lois « d'alors » interdisent l'action des collatéraux et autres bénéficiaires !

A Vassivière, l'Image vénérée fut placée dans la chapelle du côté de l'Evangile; qui est encore protégée par une grille, et le banc de la famille Admirat est installé sur le mur en face. Pour permettre à la dévotion des fidèles de mieux contempler la madone, elle fut plus tard mise à la place qu'elle occupe encore au-dessus du maître-autel.

M. Seronde étant mort en 1811, fut remplacé par M. l'abbé Ojardias. Puis vint M. Floret (avril 1819) qui fit exécuter d'importantes réparations à l'église paroissiale (de 1822 à 1824).

L'Egalité révolutionnaire avait exigé que le clocher et la tour du rosaire fussent rasés jusqu'au niveau du « cerveau » de l'église. Rien n'avait été fait pour protéger ces ruines contre les intempéries. Aussi bientôt elles menaçaient de crouler et d'entraîner le chœur entier dans leur chûte. Après bien des démarches, on obtint les ressources et les autorisations pour faire les réparations indispensables. Le chœur fut abattu, la chapelle du Rosaire disparut. Quand on releva le chœur, on construisit au lieu du mur droit qui fermait l'abside, une chapelle en cul-de-four, où la statue miraculeuse fut exposée à la vénération des fidèles.

Le même abbé Floret fit agrandir le logement adossé à la chapelle de Vassivière, aspect nord.

En 1841, le 4 juillet, la présence de Mgr Féron donna aux fêtes du pèlerinage un éclat inaccoutumé. Quinze à vingt mille personnes assistèrent à la messe qui fut célébrée en plein air sur la montagne. L'évêque et ses vicaires généraux s'affilièrent solennellement à la confrérie de Notre-Dame.

Depuis la restauration de Vassivière, on avait repris l'antique coutume de porter en procession la Sainte Image dans son sanctuaire champêtre, le jour de la Fête de la Visitation, le 2 juillet. Quand les neiges ont disparu, quand la montagne s'enveloppe de sa verte tunique et du voile frissonnant de la jeune ramure, la Vierge quitte l'église de Besse, elle prend le chemin des hauteurs : c'est ce qu'on appelle la *montée*. Trois mois après aura lieu la *descente*. La Madone quitte son ermitage vers la fin de septembre, le dimanche après la Saint Mathieu, alors que la saison déjà avancée jette au front des taillis de ces teintes de rouille qui annoncent la fin des beaux jours, alors que les couleurs s'éteignent et que le pic de Sancy commence à s'enténébrer dans les nuées (1).

La messe, pendant les trois mois d'été, n'était célébrée à Vassivière que les dimanches, rarement dans la semaine. En 1849, le nouveau curé de la paroisse, M. Chirent, fit offrir le saint sacrifice, non seulement le dimanche, mais aussi le lundi, le mardi et le jeudi. Enfin, à partir de 1854, un prêtre resta à demeure au pèlerinage, et la messe fut dite tous les jours. C'est également à M. Chirent qu'est due l'érection du chemin de croix qui jalonne l'ancien chemin depuis la Baraque de Vassivière jusqu'à la Chapelle. Les stations s'élè-

_____

(1) Jadis on se rendait en pèlerinage à Vassivière alors même que la sainte Image se trouvait à Besse, pendant l'hiver. Les vieux registres attestent cette coutume : « Le 15 novembre 1619, la procession de Besse fut à N.-D. de Vassivière ; le 15 décembre suivant, procession au même lieu avec quantité de peuple. — Le 16 décembre 1632, procession de Besse à Vassivière, à laquelle assistaient plusieurs femmes pieds nus. — Le 20 février 1639, procession à N.-D. de Vassivière, beaucoup de femmes pieds nus. »
Ainsi, au cœur de l'hiver, de pieux pèlerins se rendaient pieds nus à Vassivière ! D'autre part, le Jésuite Coyssard nous dit : « A ce pèlerinage de Vassivière, on y va non-seulement de la Haute et Basse-Auvergne, mais de toutes les provinces voisines, qui sans parler, sans boire et sans manger, jusqu'à tant (*sic*) que le vœu soit entièrement accompli ». — Quelle énergie morale, quelle foi chez nos ancêtres !

vent sur un terrain cédé à la Fabrique par acte passé devant Mᵉ Morin, notaire à Besse. Elles se composent d'un piédestal en lave de Besse, et d'une croix en fer forgé. Le piédestal comprend un marchepied en lave qui l'entoure sur les quatre faces, un cube de maçonnerie revêtu de pierres taillées et portant un entablement d'une seule pièce. Cet entablement est fixé par quatre goujons aux quatre angles de la maçonnerie. La croix est scellée dans l'entablement. L'ensemble atteint 5 mètres de hauteur. Le numéro d'ordre de chaque station est indiqué en chiffres romains au centre de la croix.

Les frais du Chemin de Croix furent supportés par les diverses paroisses ou familles qui sont mentionnées sur les plaques en marbre de 0,50 sur 0,30, encastrées dans le piédestal.

La première Station, qui se dresse près de la Baraque, porte deux plaques de marbre ; l'une sur la façade Est, avec cette inscription :

CHEMIN DE CROIX
ÉRIGÉ PAR M. BRUN, VICAIRE GÉNÉRAL
LE 9 JUILLET 1854
SOUS L'EPISCOPAT DE MGR FÉRON

Sur la face ouest : PAROISSE DE SAINT-DIÉRY, GROSLET, CURÉ.

La IIᵉ Station : PAROISSE DU VALBELAIS, SEROUDE, CURÉ.

La IIIᵉ Station : PAROISSE DE SAINT-ANASTAISE, TATRY, CURÉ.

La IVᵉ Station : PAROISSE DE COMPAINS, VIDAL, CURÉ.

La Vᵉ Station : PAROISSE D'ESPINCHAL, BAFFELEUF, CURÉ.

La VIᵉ Station : PAROISSE DE MUROLS, SAVIGNAT, CURÉ.

La VIIᵉ Station : PAROISSE DU CHAMBON, PAQUET, CURÉ.

La VIIIᵉ Station : PAROISSE DE SAINT-VICTOR, LAPORTE, CURÉ.

La IXᵉ Station : PIERRE-LÉON TIXIER DE CLERMONT.

La Xᵉ Station : ANNE-MARIE-CHARLOTTE BOURNET D'ISSOIRE.

La XIᵉ Station : LES RELIGIEUSES DE LA MISÉRICORDE.

La XIIᵉ Station, sur la face Sud : PAROISSE DE BESSE, CHIRENT, CURÉ ; SABY, PHELUT, VICAIRES. — Sur la face Nord : MM. COUGOUL, CHIRENT, JUILHARD, CHAUVEAU, BERTHOULE, DALMAS, LENÈGRE, FABRICIENS.

La XIIIᵉ Station : PAROISSE D'ÉGLISENEUVE, PAPON, CURÉ.

La XIVe Station, sur la face Sud : PAROISSES DE PICHE-
RANDE, SAINT-DONAT, SAINT-GÊNES, SERRE-ROCHE
ET CHIROL, CURÉS. — Sur la face Nord : CHEMIN
DE CROIX ÉRIGÉ PAR LES SOINS DE M. CHIRENT,
CURÉ, LE 9 JUILLET 1854.

En 1857, M. Chirent fit élever l'autel en pierre où l'on
célèbre la messe aux jours de grandes fêtes, en plein air. Cet
autel fut donné par les paroisses de St-Pierre-Colamine, Vey-
ret, curé ; et de Chastreix, Quainon, curé. Pour assainir la
tourbière qui le supporte, il fit creuser un large fossé où l'on
a découvert tant de sapins enfouis.

L'année précédente, grâce au zèle infatigable de ce saint
prêtre, une petite souveraineté temporelle avait été constituée
à Notre-Dame : une partie de la montagne qui environne la
chapelle était devenue la propriété de la Fabrique (1).

Mais ce n'était pas seulement le domaine terrestre de Vassivière qui s'augmentait ; son trésor spirituel grossissait aussi.
Par un bref du 11 février 1859, Pie IX accorda aux pèlerins
qui viendraient prier là aux sept fêtes principales de Marie,
une indulgence plénière, après qu'ils se seraient confessés,
auraient communié, en priant aux intentions du Souverain
Pontife. Trois cents jours d'indulgence étaient, en outre,
accordés à tous ceux qui visiteraient la chapelle de Vassivière,
et y prieraient aux mêmes intentions.

Pleinement dévoué au pèlerinage, comme ses prédécesseurs,
M. l'abbé Esbelin, qui remplaça M. Chirent en 1860,
conserva avec un zèle pieux les vieilles traditions, les antiques
souvenirs.

A son instigation, un savant ecclésiastique, M. l'abbé
Chaix, alors curé de Saint-Genès-les-Carmes à Clermont, de-
puis lors curé de la cathédrale, écrivit (1869) l'histoire de
Notre-Dame de Vassivière (2).

Enfin, sous M. l'abbé Roche, installé le 10 décembre 1874,
l'illustre Pie IX, ouvrant encore les trésors de l'église en
faveur des pèlerins de Vassivière, expédiait, quelques
mois avant sa mort, le 26 juin 1877, un bref accordant

_____

(1) La vente fut consentie le 30 août 1856, par la veuve
Raynaud d'Eglisencuve, et par ses enfants.
(2) Clermont, Imprimerie Thibaud.

une indulgence plénière, un jour chaque année, au choix des fidèles visitant le sanctuaire de la montagne dans le temps que la statue de la Bienheureuse Vierge y est exposée, et, en outre, une indulgence plénière aux fêtes de :

La Visitation ou le dimanche qui suit,
Notre-Dame des Prodiges, 9 juillet,
Notre-Dame du Mont-Carmel, 16 juillet,
Sainte Anne, mère de la B. V. M., 26 juillet,
Assomption de la B. V.,
Saint Joachim, père de la B. V.,
Le dimanche qui suit la fête de saint Louis, roi de France, 25 août,
Nativité de la B. V. et le dimanche dans l'octave, fête du saint Nom de Marie,
Le dimanche qui suit le 21 septembre, jour de la Translation de la Statue de Vassivière à Besse.

Indulgence plénière, un jour chaque année, au choix des fidèles qui viendront en pèlerinage à l'église paroissiale de Besse dans le temps que la Statue y est exposée, dans l'église de Besse.

Indulgence plénière aux fêtes de l'Immaculée-Conception, de la Présentation, de la Purification et de l'Annonciation de la B. V. M., et le vendredi de la semaine de la Passion.

Indulgence de 100 jours pour tous les fidèles chaque fois qu'ils visiteront le sanctuaire de Vassivière ou l'église de Besse dans le temps que la statue y est exposée, et y prieront aux intentions du Souverain Pontife.

Indulgence de 7 ans et 7 quarantaines à tous les fidèles qui accompagneront dévotement la statue de N.-D. de Vassivière dans sa translation soit à Besse, soit à Vassivière.

Indulgence de 7 ans et 7 quarantaines à tous les fidèles qui visiteront, le premier samedi du mois, l'église de Besse et la Statue de N.-D. de Vassivière dans le temps où elle y est exposée.

N. B. — Toutes ces indulgences sont applicables aux âmes du Purgatoire, et elles ont été accordées à perpétuité.

VII

LE COURONNEMENT

De toute antiquité on a été dans l'usage, au sein de l'Eglise, de représenter les images de Notre-Seigneur, de la sainte Vierge et des Saints avec une couronne autour de la tête. De tout temps, depuis les peintures plus ou moins informes des catacombes jusqu'aux brillantes verrières de nos cathédrales et aux tableaux achevés de nos grands maîtres modernes, le nimbe dont les artistes religieux environnaient invariablement la tête du Christ, de sa très sainte Mère, des martyrs et des bienheureux a été de tradition constante dans l'iconographie chrétienne.

Quant aux couronnes posées sur la tête de la Sainte Vierge, elles étaient destinées, en particulier, à rappeler ce passage de l'Apocalypse où il est dit que sur sa tête brillera une couronne de douze étoiles. Dans sa *Vie du pape Grégoire III*, qui fut élu en 731, Anastase le Bibliothécaire rapporte expressément que ce Souverain Pontife fit placer une couronne d'or sur la tête d'une statue de la Bienheureuse Vierge Marie et un collier en pierres précieuses autour de son cou. Guillaume Durand, dans son *Rational des divins offices*, atteste aussi la généralité de cette coutume dans le moyen-âge.

Toutefois, ce ne fut qu'au commencement du xviie siècle que furent établis les Couronnements solennels et liturgiques de certaines images miraculeuses de la Très Sainte Vierge, tels qu'on les pratique aujourd'hui. Voici quand et comment cet usage a pris naissance.

Un noble Romain, le comte Alexandre Sforza Pallavicini, très dévoué à la Bienheureuse Vierge Marie, fit, en 1630, un don considérable au Chapitre de l'insigne basilique de Saint-Pierre du Vatican, à la charge par ce Chapitre : 1° de désigner chaque année une Vierge miraculeuse qui devait recevoir les honneurs du Couronnement ; 2° d'envoyer dans ce but la couronne nécessaire, laquelle devait toujours être de métal précieux relevé de pierreries. Les intentions du noble et pieux fondateur ont été, depuis, très rigoureusement remplies par le Chapitre de l'insigne basilique vaticane, et chaque année il

y a eu, d'abord dans la ville de Rome, puis en Italie, et enfin dans toutes les autres contrées du monde chrétien, un ou même plusieurs couronnements de statues miraculeuses. La liste de toutes ces Vierges couronnées a été dressée et elle est soigneusement conservée aux archives pontificales.

Mais depuis les dernières spoliations dont l'Eglise romaine a été victime, le Chapitre de Saint-Pierre ayant perdu ses rentes et dotations, ne peut plus subvenir aux frais nécessités par l'envoi des couronnes. Ces frais demeurent à la charge de ceux qui sollicitent le Couronnement. Le Chapitre de la basilique, ne se trouvant plus en état de les supporter, a même renvoyé purement et simplement au Souverain Pontife la désignation des Vierges à couronner. C'est ainsi que le prédécesseur du Souverain Pontife actuel, Pie IX, de sainte et glorieuse mémoire, a accordé les honneurs du Couronnement à un très grand nombre de Vierges, entr'autres à Notre-Dame des Victoires à Paris, à Notre-Dame de Lourdes, à Notre-Dame de la Salette, et chez nous, à Notre-Dame du Port, en 1875, sous l'épiscopat de Mgr Féron.

Depuis lors, le vénérable successeur de Mgr Féron, Mgr Boyer, étant venu, dès les premiers jours de son épiscopat, saluer la Reine de la montagne, conçut le désir, aux pieds de cette Mère chérie, d'obtenir pour elle les honneurs du Couronnement. Dans un voyage à Rome, l'évêque de Clermont présenta sa requête à l'illustre Léon XIII, et cette requête ayant été agréée, on s'occupa immédiatement des préparatifs de la cérémonie dont la date fut fixée au mois de juillet 1881, et l'on travailla notamment à la confection des couronnes destinées à orner la tête de la Sainte Vierge et celle de l'Enfant-Jésus. Le pauvre apporta son obole, le riche son or et ses diamants, et un artiste distingué, M. Armand Caillat, de Lyon, exécuta deux véritables chefs-d'œuvre d'orfèvrerie, dans le style du XIIIᵉ siècle, d'après le type caractéristique de la célèbre couronne de saint Etienne de Hongrie. Nous ne croyons pas inutile de donner ici la description de ces deux couronnes qui présentent un véritable intérêt historique, tant au point de vue de l'art qu'au point de vue du culte de Notre-Dame de Vassivière.

Le bandeau de la couronne de la Vierge porte une série de lobes disposés en ogive ; un de ces lobes, plus grand que les autres, reçoit un beau saphir triangulaire, entouré de diamants ; par dessus les lobes s'élancent six branches liées au sommet par un motif orné, que surmonte le monogramme de Marie timbrant une croix : *Marie, Mère du Rédempteur.*

La couronne de l'Enfant-Jésus est également formée par un bandeau lobé, mais elle n'a que quatre branches que dominent des ornements en crosettes et une croix : la croix reçoit deux beaux rubis, entourés de diamants.

Toute l'ornementation de ces couronnes, fine et délicate, a été préparée de manière à présenter avec art les nombreuses pierreries qui les décorent ; ce ne sont que diamants, rubis, saphirs, émeraudes, topazes roses, turquoises, et toutes ces gemmes précieuses, brillant au milieu de légers feuillages d'or, n'offrent ni surcharge ni confusion.

Elles ne sont pas non plus semées au hasard : elles parlent dans leurs harmonies symboliques, claires et douces sur la couronne de la Vierge Marie, avec la rose des topazes, le bleu tendre des turquoises, le beau bleu des saphirs, et le vert clair des émeraudes, — graves et fortes sur la couronne du Christ, avec le rouge des rubis et le vert des émeraudes.

Les diamants distribués çà et là sur les deux couronnes y ajoutent leur éclat.

M. le Curé de Besse apporta à Rome, dans le courant du mois de mai 1881, ces deux chefs-d'œuvre et les présenta au Souverain Pontife qui les admira et les bénit.

Le 23 juin suivant, une neuvaine préparatoire, prêchée par M. l'abbé Randanne, supérieur de la Mission diocésaine, et M. Ossedat, missionnaire, était inaugurée dans l'église de Besse, magnifiquement décorée et embellie sous l'habile direction de M. Bellaigue de Bughas, chanoine de la cathédrale de Clermont. Entre autres motifs de décoration, on remarquait surtout l'autel portatif sur lequel était exposée, au milieu du chœur, la Statue miraculeuse. Cet autel, de style roman, était doré et semé de cabochons aux nuances brillantes et variées, produisant le meilleur effet. Au-dessus s'élevait une superbe niche romano-byzantine, œuvre artistique du sculpteur Mombur, de Clermont. Dans cette niche était placée la Statue, et le tout apparaissait surmonté d'un riche baldaquin, reproduction réduite de l'ancien et célèbre beffroi de la ville de Besse, qui est encore aujourd'hui l'une de ses principales curiosités. De ce baldaquin descendaient deux grandes courtines de bleues, à la bordure d'or au-dessus, d'hermine au-dessous, s'étendant sur tout l'ensemble et présentant l'aspect le plus imposant.

Les décorations de la nef, œuvre des dames de la paroisse, n'étaient pas moins remarquables. Elles consistaient

Mgr Boyer

principalement en dix bannières d'argent, portant au milieu autant de couronnes symboliques, avec inscriptions tirées de l'Ecriture, et rappelant les divers titres de la Sainte Vierge aux diverses couronnes de Vierge, de Mère, d'Epouse, de Docteur, de Martyr, de Reine, etc. Ces bannières alternaient, dans chaque arceau, avec des suspensions ornées de plantes et de fleurs artificielles.

Enfin, au fond de l'église, sous la tribune, étaient appen-

dues les armes du Souverain Pontife, de Mgr l'évêque de
Clermont et de la ville de Besse, gracieusement enguirlan-
dées dans des torsades aux couleurs de la Sainte Vierge :
blanc et bleu.

Suivant le cérémonial prescrit pour les Couronnements, un
Triduum solennel s'ouvrit le mercredi soir, 29 juin. Les
exercices, prêchés par M. Chardon, vicaire général, commencèrent par une procession jubilaire où fut portée la Statue miraculeuse et à laquelle participa toute la population.
Pas une maison qui ne fût décorée, pavoisée, illuminée ;
pas une rue, pas un carrefour sans ornements et sans feuil-
lage.

Le samedi 2 juillet, la procession de la *montée*, présidée
par M. Chardon, se mit en marche vers Vassivière, à sept
heures et demie du matin, au chant des litanies, des hymnes
et des cantiques. Accompagnée jusqu'en dehors de la ville
par la population entière, la sainte Image repartait pour sa
chère chapelle de la montagne, *abiit in montana*, comme
Marie au jour de la Visitation.

A l'arrivée à Vassivière, la procession, après trois haltes
sous trois magnifiques arcs de triomphe, prenait le *Chemin
de la Croix*, et, parvenue sur le plateau où s'était déjà rendu
un nombre considérable de pèlerins, elle ramenait à son sanctuaire la Vierge miraculeuse.

La messe en plein air, chantée par M. l'abbé Noëllet, secrétaire de l'Evêché, commença aussitôt. Le sermon fut
donné par M. le Supérieur de la Mission diocésaine.

Le même jour, à six heures du soir, Son Eminence le cardinal de Bonnechose, archevêque de Rouen ; Mgr Marchal,
archevêque de Bourges, métropolitain de la province ecclésiastique ; NN. SS. les évêques de Delcon, de Rodez, de
Tulle et de Clermont, faisaient leur entrée dans la ville de
Besse.

Reçus à leur arrivée par un nombreux clergé, par M. le
Maire, par MM. les membres du Conseil de Fabrique et
une foule considérable de paroissiens et de pèlerins, les prélats se dirigent immédiatement vers l'église où, après un
moment d'adoration et de prière, S. E. Mgr le cardinal de
Bonnechose, se retournant vers les fidèles qui se pressent
sous les voûtes de l'antique basilique, leur adresse une courte
allocution et les bénit paternellement.

De là le cortège se rend au presbytère où il est accueilli

par l'excellente musique du Pensionnat des Frères de Clermont, arrivée dans l'intervalle. Il est neuf heures du soir,
et par cette belle nuit étoilée, au sein de ces montagnes où
l'on se sent plus près du ciel, le spectacle est des plus
émouvants.

Cependant les pèlerins continuent d'affluer soit à Besse,
soit à Vassivière. Le vieux sanctuaire de la montagne en re-
gorge sur le soir ; on chante les litanies de la Sainte Vierge
et l'hymne *Ave Maris stella*, selon ce qui est prescrit au
Cérémonial pour la veille des Couronnements. Bon nombre
de prêtres sont occupés ensuite, toute la nuit, à entendre les
confessions. Les fidèles qui n'ont pu trouver place dans la
chapelle, trop étroite pour les contenir tous, ou dans les hô-
telleries voisines, se résignent volontiers à passer à la belle
étoile, *Auspice Maria*, les premières heures de la nuit. A
deux heures du matin les messes commencent, et la sainte
Communion sera distribuée sans interruption jusqu'à dix
heures.

Au lever du jour et dès la première aube, le mouvement
redouble. Sur les routes de Latour, d'Eglise-Neuve et de
Besse, c'est un défilé continuel et une circulation ininter-
rompue de voitures, de cavaliers et de piétons qui se rendent à Vassivière et gravissent dans toutes les directions les
pentes de la montagne. Le ciel est pur et sans nuages ; tout
fait présager le plus beau jour. A partir de huit heures, les
processions succèdent aux processions. Les paroisses envi-
ronnantes arrivent les unes après les autres, sous leurs bannières respectives. Les chants retentissent de toutes parts, les
étendards flottent au vent. C'est un coup d'œil magnifique.
Il semble que des flancs de la montagne surgissent comme
par enchantement des légions de pieux pèlerins. Des messes
sont célébrées en plein air, sur l'autel improvisé, pour toutes
ces processions, puis chacune d'elles vient prendre la place
qui lui a été assignée d'avance auprès des poteaux indica-
teurs surmontés d'oriflammes blanches et bleues, servant en
même temps de jalons à la procession générale qui va avoir
lieu, et de centres de ralliement aux processions particulières. La paroisse de Besse est la plus proche du sanctuaire.
Viennent ensuite les paroisses d'Eglise-Neuve, de Compains,
d'Espinchal, du Valbeleix, du Chambon, de Saint-Victor,
de Saint-Diéry, de Saint-Anastaise, et une délégation de la
ville de Clermont.

Il est dix heures.

S. E. le Cardinal, Mgr l'Archevêque et NN. SS. les Evêques arrivent sur le plateau et se rendent à la chapelle, suivis d'un nombreux clergé. Ils admirent, en entrant, les décorations du sanctuaire, et se revêtent de leurs ornements pontificaux. A onze heures, le signal est donné. La procession générale s'ébranle, sous la direction de MM. les Missionnaires du diocèse, chargés par Monseigneur de son organisation.

Son Eminence s'avance au dernier rang, précédée de jeunes clercs qui portent les insignes cardinalices, entre autres, la barette rouge dans un plateau en vermeil. Devant Son Eminence marche Mgr le Métropolitain, précédé de la croix archiépiscopale. L'évêque du diocèse, Mgr de Clermont, se trouve devant l'Archevêque de la province. Viennent ensuite NN. SS. les Evêques par ordre d'ancienneté de sacre : Mgr Dufal, évêque de Delcon : Mgr de Rodez, Mgr de Saint-Flour.

Le cortège ainsi disposé, arrive en vue de l'estrade élevée à l'endroit du rendez-vous général. Les diverses processions prennent place avec leurs bannières de l'un et de l'autre côté de l'enceinte réservée, tandis que le clergé se groupe dans cette enceinte même et que les Evêques vont se ranger sous un velum établi pour les recevoir sur l'estrade à droite et à gauche.

L'enceinte, où apparaît l'autel et où se groupe le clergé, est un vaste rectangle entouré de fossés, environné de grands mâts surmontés d'oriflammes aux couleurs de la Vierge et portant, au milieu, des cartouches aux armes de N.-D. de Vassivière et des Evêques. Entre ces mâts sont d'énormes vases Médicis recouverts de mousse. Au fond de ce rectangle s'élève l'estrade, et sur cette estrade, l'autel, un autel à la fois architectural et rustique, couronné par une immense niche de mousse et de verdure en forme de retable, diaprée de fleurs et de feuilles d'or, qui rappelle la muraille primitive où s'abrita jadis la Statue miraculeuse. Cette même Statue est placée au centre de cette niche, au-dessus de laquelle se détachent en relief les armes du Souverain Pontife. Ces décorations, comme celles de l'église de Besse et de la chapelle de Vassivière, sont dues au goût et au travail de M. l'abbé Bellaigue.

Autour de l'enceinte, sur les pentes qui l'environnent et s'élèvent de tous côtés en amphithéâtre, s'étage une foule innombrable qu'on peut évaluer sans exagération à plus de 30,000 personnes de tout âge et de toute condition.

La cérémonie commence par la messe pontificale. C'est Mgr l'archevêque de Bourges qui célèbre, ayant à ses côtés M. Béauregard, vicaire général, comme prêtre assistant ; MM. Luzuy, supérieur du Petit-Séminaire, et Astier, curé de Thiers, comme diacre et sous-diacre d'honneur ; MM. Barrière et Reynaud, comme diacre et sous-diacre d'office. La messe, chantée par le clergé et les élèves du Grand Séminaire, est la messe *Salve sancta parens*, inaugurée par le pape Urbain II, à la cathédrale de Clermont, lors du concile de 1095.

A l'Evangile, Mgr Bourret, évêque de Rodez, franchit les degrés de l'autel et, placé sur le marchepied, adresse à l'immense auditoire qu'il a devant lui une éloquente improvisation. Puis le *Credo* de Dumont est entonné par l'officiant et chanté ensuite, non seulement par les trois cents prêtres qui sont là présents, mais encore par des milliers de fidèles, et ce chant qui s'élève grave et majestueux, sur ces hauteurs aux transparences radieuses, aux rayonnements éblouissants, vous remplit l'âme d'une émotion profonde, solennelle, indicible.

A l'Offertoire, pendant que la musique instrumentale exécute l'un de ses plus beaux morceaux, les membres du Conseil de Fabrique de l'église paroissiale de Besse, ayant à leur tête leur président, M. Lenègre (de Rioubes), montent sur l'estrade. Ils sont conduits par Mgr l'évêque de Clermont et par M. le Curé de Besse, ce dernier revêtu du surplis et du camail de chanoine honoraire, distinction qui vient de lui être conférée. Le président, selon les prescriptions du cérémonial, présente au Célébrant un cierge richement orné, et tous ensemble prennent ensuite l'engagement suivant, également prescrit par le Rituel :

L'an mil huit cent quatre-vingt-un et le trois juillet, en présence de : S. E. Henri-Marie-Gaston de Bonnechose, cardinal-prêtre de la S. Eglise Romaine, du titre de Saint Clément, archevêque de Rouen ; de S. G. Mgr Jean-Joseph Marchal, archevêque de Bourges, Métropolitain de la province ecclésiastique ; de NN. SS. Jean-Pierre Boyer, évêque de Clermont ; Pierre Dufal, évêque de Delcon *in partibus infidelium* ; Christian-Ernest Bourret, évêque de Rodez ; François-Marie-Benjamin Baduel, évêque de Saint-

Flour ; Henri-Charles-Dominique Denéchau, évêque de Tulle, nous soussignés, membres du Conseil de Fabrique de l'église paroissiale de Besse, nous sommes engagés et nous engageons par ces présentes à veiller à ce que les deux couronnes d'or et de pierres précieuses qui doivent servir à la cérémonie du Couronnement de la Statue miraculeuse de Notre-Dame de Vassivière et de l'Enfant-Jésus ne soient jamais affectées à aucun autre usage qu'à la décoration de ladite statue.

Fait à Vassivière les jour et an que dessus.

Ont signé :

Jean-Baptiste LENÈGRE, de Rioubes, *président* ;
Antoine ROCHE, *chanoine honoraire, curé* ;
Emile JULHIARD, *maire* ;
Michel DALMAS, *trésorier* ;
Guillaume BERTHOULE, *secrétaire* ;
Hector AUBERGIER, *fabricien* ;
Louis PATY, *fabricien*.

Cependant le saint sacrifice continue. Le moment de l'Elévation est des plus solennels. Cette masse innombrable de pieux pèlerins s'agenouille, s'incline, se prosterne comme un seul homme. Le silence le plus absolu règne dans toute cette multitude : on n'entend que le souffle d'une brise légère et le murmure presque imperceptible de la foule qui adore et qui prie. On se relève. Tout à coup, comme si le Ciel avait voulu répondre à ce religieux silence de la terre par la voix solennelle de la foudre, on entend au loin un majestueux roulement de tonnerre qui, sans faire craindre l'orage, — car le soleil continue toujours de briller d'un vif éclat, — vient ajouter la note puissante de la nature et des éléments aux chants sacrés de la liturgie, pour former ainsi, autour de la Reine des Cieux, un plus complet et plus harmonieux concert.

La messe s'achève au milieu de l'émotion et du recueillement général. Vient alors l'heure attendue du Couronnement. S. E. le Cardinal-Archevêque de Rouen, revêtu de la grande cappa de pourpre, quitte son siège et se dirige vers l'autel, accompagné des Evêques en chape et en mitre. Le chœur entonne le *Regina cœli* ; on descend la Statue miraculeuse, le Cardinal prend les couronnes qui avaient été posées sur l'autel dès le commencement de la cérémonie et les place sur la tête de la Vierge-Mère et de l'Enfant-Jésus, en prononçant les paroles usitées en pareille circonstance :

« De même que vous êtes aujourd'hui couronnée par nos mains sur la terre, ainsi obtenez-nous d'être couronnés un jour dans le Ciel par votre divin Fils. »

Chacun des prélats vient à son tour encenser la sainte Image. On chante ensuite les autres prières liturgiques. Après quoi, Mgr l'Evêque de Clermont, en chape et en mitre, appuyé sur sa crosse, s'avance sur le bord de l'estrade. Il porte à la main un pli scellé et cacheté. D'une voix vibrante et émue, il s'adresse à cette vaste assemblée et s'exprime à peu près en ces termes :

« Je suis heureux de venir porter à votre connaissance la bonne nouvelle qui vient de m'être transmise. Par une lettre qui m'est parvenue hier soir, le Souverain-Pontife Léon XIII, sachant que nous devons être aujourd'hui réunis en ces lieux pour le Couronnement de Notre-Dame de Vassivière, daigne vous accorder par nos mains la bénédiction apostolique. Je vais vous en donner lecture :

« Sa Sainteté veut bien accorder à l'Evêque de Clermont, avec une bonté toute paternelle, la faveur de la Bénédiction apostolique, et, par cette marque de bienveillance, ajouter à la sainte joie que vont éprouver, à l'occasion du solennel Couronnement de la sainte Vierge de Vassivière, les foules immenses des fidèles rassemblés avec leurs Evêques autour de leur Mère bien-aimée. »

« Ainsi donc, l'Eglise entière est ici représentée dans tous les rangs de sa hiérarchie ; par le peuple venu en foule compacte de tous les points du diocèse et des diocèses environnants ; par ces prêtres si nombreux ; par ces pasteurs qui ont conduit leurs troupeaux à ces vraies sources de la grâce ; par cet Evêque missionnaire, enfant de notre Auvergne, qui est allé porter jusque sous les tropiques les lumières de la foi et les bienfaits de l'Evangile ; par ces Evêques de la province, NN. SS. de Saint-Flour et de Tulle, qui peuvent compter ici une multitude de leurs fidèles ; par mon bien-aimé collègue, l'Evêque de Rodez, qui a su trouver dans son cœur de si nobles accents pour célébrer la Reine de nos montagnes ; par notre vénéré Métropolitain, Mgr l'Archevêque de Bourges, qui n'a pas reculé devant la fatigue que lui ont imposées les fonctions saintes qu'il vient de remplir ; par S. E. le Cardinal de Bonnechose, qui, malgré son grand âge, n'a pas craint de venir d'une autre extrémité de la France jusqu'à nous, pour décerner à notre Vierge la distinction due à ses miracles et à ses bienfaits ; enfin, par le Souverain-Pontife lui-même, présent au milieu de nous par la lettre que je viens de vous lire et par la bénédiction que nos mains vont répandre en son nom sur vos personnes, sur celles de vos chers enfants et sur vos propriétés.

« Que du haut de ces montagnes qui sont comme son trône, ainsi que le disait tout à l'heure Mgr de Rodez, la Bienheureuse Vierge Marie répande elle-même toutes ses bénédictions sur ce diocèse, sur cette province ecclésiastique, sur la sainte Église Romaine et le Pontife suprême qui la gouverne. »

Ces chaleureuses paroles, entendues de presque tous les points, passent sur chaque âme comme une flamme ardente qui redouble la foi et l'enthousiasme de tous. Les sept Evêques réunis et rangés sur une seule ligne au pied de l'autel, se disposent à donner ensemble la bénédiction papale. Tous les genoux fléchissent. La voix des Pontifes s'élève, pendant que leurs mains s'abaissent et que les fronts se courbent.

Heures d'ici-bas, vous pouvez vous entasser longues et ternes, tristes et douloureuses, mais une heure vient enfin, heure sainte, comme celle de votre Couronnement, ô Vierge de Vassivière, heure bénie qui fait oublier toutes les autres, et nous donne l'avant-goût des joies du ciel. Alors, nous nous sommes écriés, comme Pierre au sommet du Thabor : Seigneur ! il est bon d'être ici, dressons-y nos tentes ! Restons dans ce rayonnement divin, retenons cette lumière, fixons-nous à jamais dans cette adoration !

La cérémonie est terminée. Les Evêques et les prêtres se remettent en procession au chant du *Te Deum*. On suit, pour retourner à la chapelle, le même parcours, et, comme à l'aller, la Statue miraculeuse, maintenant couronnée, est portée par des ecclésiastiques originaires de la ville de Besse ou anciens vicaires de la paroisse.

Avec une exquise aménité, le Cardinal, avant de reprendre le chemin de Besse, passe à travers les groupes de pèlerins et les bénit. Une pierre sur laquelle il s'est assis a reçu depuis le nom de *Rocher du Cardinal*, et un petit monolithe, portant ses armes et la date de 1881, rappelle en cet endroit le passage de ce prince de l'Eglise à Vassivière.

Revenus à Besse, les Evêques, après quelques moments de repos, se sont rendus à l'église paroissiale, où les attendait une assistance nombreuse de pieux fidèles. Mgr Denéchaud, Evêque de Tulle, monte en chaire, et, au nom de Mgr de Clermont, paye un juste tribut d'éloges, de félicitations et de remerciements à la municipalité de la ville, au conseil de fabrique, et à la population entière pour le concours généreux et empressé que tous ont su prêter à ces grandes fêtes du Couronnement. Le Salut solennel est donné par Mgr Dufal. Le soir, une illumination générale, une retraite en musique et un magnifique feu d'artifice, préparé par M. l'abbé Lavaud de Lestrade, professeur de sciences au Grand-Séminaire, et dont la pièce finale a été la représentation parfaitement réussie de la chapelle de Vassivière, sont venus dignement clore cette grande et belle journée qui restera, dans les fastes de l'histoire d'Auvergne, comme l'une des plus imposantes manifestations de foi et de religion dont cette catholique province ait été le théâtre (1).

Depuis le Couronnement, le Pèlerinage a continué à attirer les foules, et à répandre sur la contrée les bénédictions célestes. Son caractère a un peu changé. Les pèlerins viennent moins nombreux, la veille, à pied. Ils arrivent maintenant en voiture et dans la matinée. Pour permettre l'accès du plateau aux voitures, M. le curé Roche fit construire en 1891 le tronçon de route qui mène de la Baraque à la Chapelle. Malheureusement on n'y apporta pas les soins nécessaires à cette altitude et à ce terrain, et ces causes unies au défaut d'entretien l'ont à peu près ruinée aujourd'hui.

---

(1) Archives de la chapelle de Vassivière. — *Semaine Religieuse de Clermont*, nos des 4 et 25 juin, 2 et 9 juillet 1881. — Une plaque en marbre de près de 3 mètres de haut, sur 1 mètre de large, portant une inscription qui rappelle la cérémonie du couronnement, a été placée dans la chapelle du pèlerinage. Voici ce qu'on lit sur cette plaque : *Le 3 juillet 1881, la Statue miraculeuse de N.-D. de Vassivière et de l'Enfant Jésus a été couronnée solennellement sur la montagne de Vassivière. Etaient présents : S. Em. Mgr le Cardinal de Bonnechose, archevêque de Rouen, délégué par N. T. S. P. le Pape Léon XIII; Mgr Marchal, archevêque de Bourges ; Mgr Boyer, évêque de Clermont ; Mgr Bourret, évêque de Rodez ; Mgr Dufal, évêque de Delcon, in partibus ; Mgr Baduel évêque de Saint-Flour ; Mgr Denéchau, évêque de Tulle. — A. Roche, chan. hon., curé de Besse.*

En 1906, la Loi de Séparation fit sentir ses effets. Si le culte continue à être exercé avec les facilités antérieures, on éprouve néanmoins les inconvénients de cette situation précaire ; le petit domaine a été mis sous séquestre et de ce fait 700 francs de revenus ont été soustraits au pèlerinage. Le contre-coup de cette perte s'est fait sentir surtout sur l'entretien de la route, les revenus de la chapelle ne peuvent plus y subvenir et tout le monde s'en désintéresse.

En 1909, les fêtes du Grand Dimanche ont été particulièrement brillantes. On célébrait le troisième centenaire des fameuses processions du Rosaire, racontées plus haut, et le premier centenaire de la Réouverture officielle de la Chapelle par le Décret de Napoléon Ier. Monseigneur Belmont, Evêque de Clermont, présidait ; Monseigneur Lecœur, Evêque de St-Flour, prononçait un éloquent discours ; M. le vicaire général Bruneau officiait devant un nombreux clergé venu des diocèses de Clermont et de St-Flour et la foule la plus considérable qu'on ait vue depuis le couronnement. L'après-midi, était bénite une croix colossale (1) sur le sommet du Puy de Chambourguet (1520^m altitude) en mémoire de ce double centenaire. Du haut de cet immense piédestal, elle domine la région, et nous invite à aller au ciel sous la protection de la Madone de Vassivière.

---

(1) Cette croix, en forme de pylône en fer à cornières, a 10^{m}50 de hauteur et 4^m de largeur aux bras.

VIII

LE PÈLERINAGE ACTUEL

Pendant son séjour à Besse, l'Image vénérée de Notre-Dame de Vassivière reçoit dans sa chapelle les hommages des paroissiens. Dès l'âge le plus tendre, les enfants lui sont présentés par leurs mères ; au cours du catéchisme, ils apprennent à la connaître, à l'aimer, à l'invoquer, et c'est à ses pieds qu'ils se consacrent au soir de leur première communion. Toute leur vie, comme leurs devanciers, ils seront fidèles à leur chère Madone.

Les jours de marché et de foire, les habitants des villages, ceux des paroisses voisines viennent en grand nombre vénérer l'Image Sainte. De tous les points de la France et de l'Algérie arrivent des lettres pour demander des prières ou offrir des actions de grâces. La dévotion à Notre-Dame de Vassivière est répandue non seulement par les soldats qui, dans les garnisons lointaines, pensent à elle dans les dangers, mais par les marchands qui chaque hiver voyagent au loin, mais encore par les baigneurs du Mont-Dore, de La Bourboule, de St-Nectaire qui visitent le sanctuaire pendant les belles journées de l'été.

Le Pèlerinage revêt son caractère spécial au mois de juin. Le dimanche qui précède le 23 juin, au prône de la messe de paroisse, on met en adjudication les Reinages de Notre-Dame. Sans doute, les honneurs ne sont plus entourés de la pompe, de l'éclat dont nous parle le P. Coyssard ; cependant, ils sont recherchés ; et chacun lutte de générosité pour garder aux enchères les premières places.

Les hommes portent, à quatre, le lourd brancard à niche vitrée où l'on place l'Image Miraculeuse. Ils se divisent en plusieurs catégories : les premiers porteurs qui ont le privilège de porter la statue au départ, à l'arrivée, et pendant les neuvaines, aux processions de la Montée et de la Descente ; les seconds porteurs leur succèdent ; les troisièmes viennent ensuite et sont suivis par des porteurs qui n'ont pas de rang spécial et qui s'avancent à l'appel du premier porteur. Ils ont pour insignes de leurs fonctions, des bâtons tournés, hauts de 2 mètres, et garnis de rubans suivant le grade de chacun. En 1909, ils étaient 27.

Les dames qui obtiennent aux enchères le titre de reines portent un cierge orné d'un flot de rubans et d'une couronne. Le privilège des quatre premières consiste à porter les cordons

Église de Besse

qui sont aux quatre angles du brancard. Les autres reines ont un cierge orné et le privilège de marcher en rang au milieu de la procession et immédiatement devant la statue de la Madone.

Le 23 juin, à la tombée de la nuit, les cloches annoncent à la population l'ouverture de la Neuvaine de la *Montée*.

Après la récitation du Chapelet, de la prière, pendant que les fidèles vont prendre leur place, la croix, les bannières, le chœur des chanteuses, les premiers porteurs avec le brancard, les premières reines et le clergé se rendent devant la Chapelle de Notre-Dame. On entonne le *Salve Regina;* pendant ce temps M. le curé descend la statue et la place dans la niche sur le brancard. Le cortège fait alors le tour de l'église au chant des Litanies et des pieux cantiques et l'on place la statue sur l'autel provisoire qui fut construit en 1881 pour les fêtes du couronnement. Après un cantique, un prédicateur étranger donne le sermon, suivi de la Bénédiction et du chant des Litanies spécial à notre pèlerinage. La cérémonie se clôture par la récitation de l'Angelus et par un cantique.

Chaque matin se succèdent les messes où les communions sont nombreuses; en 1909 il y en eut 531. Chaque soir les mêmes exercices se répètent, sauf la Procession.

Le matin du 2 juillet, les messes commencent à 4 h $\frac{1}{2}$, la dernière a lieu à 6 heures; elle est célébrée à l'intention de Mlle Admirat. A 6 h. $\frac{1}{2}$ et 6 3/4, les cloches annoncent le départ de la procession.

On revêt Notre-Dame de son habit de voyage en soie bleue brodée d'argent, on lui donne sa petite couronne et le départ a lieu à 7 heures précises. Toute la population est sur pied et fait à la bonne Mère un magnifique cortège jusqu'à la croix du Mèze. Là, après une bénédiction donnée par celui qui préside, se forme la procession qui montera jusqu'à Vassivière. En 1909, elle fut suivie par plus de deux cents femmes et une quarantaine d'hommes. Pendant tout le trajet, on récite le Chapelet, on chante les Litanies, le Salve, etc., jusqu'à la Baraque de Vassivière. Puis, on fait l'Exercice du Chemin de la Croix, sans toutefois s'arrêter aux diverses stations. On passe sous la quatorzième pour aller à la Chapeloune, chanter un Salve, donner la Bénédiction et entrer à la Chapelle en chantant un nouveau Salve. Sur l'autel, on revêt la statue de ses plus riches vêtements et on la place dans la haute niche entourée d'ex-votos, où elle restera pendant tout le pèlerinage. A onze heures, a lieu la grand'messe célébrée à la chapelle ou sur la montagne si le temps le permet. A 1 heure, on descend la statue pour permettre aux fidèles le baisement des pieds. Puis, chacun se dispose à rentrer chez soi. C'est le jour du principal pèlerinage de la paroisse de Besse, jour à peu près chômé par la population.

Le dimanche qui suit le 2 juillet est appelé Grand Dimanche

ou Dimanche des Processions, parce que ce jour-là les paroisses voisines viennent faire leur Pèlerinage officiel. Dès la veille, les Pèlerins sont nombreux. Ce sont surtout ceux des cantons de Rochefort, de Tauves, de Latour, des cantons d'Allanche et de Marcenat dans le Cantal. Après une allocution et la Bénédiction du St-Sacrement, les confessions se poursuivent une partie de la nuit ; les fidèles font la veillée sainte en chantant et en priant. A 4 heures du matin, les messes commencent. Les Pèlerins qui viennent en voiture arrivent vers sept heures du matin. Les processions apparaissent bientôt. Celle du Chambon assiste à la messe de 9 heures qui lui est réservée ; à 10 heures, c'est le tour de la paroisse d'Egliseneuve-d'Entraigues. Entre temps, arrivent les processions de St-Victor, de Beaune, de Murols (1), de Compains, du Valbeleix (1), de St-Anastaise, de Picherande, de Courgoul-Saurier. Chacune à son tour s'arrête à la Chapeloune pour chanter le Salve et recevoir la Bénédiction.

A dix heures quarante, s'organise la procession du clergé de toutes les paroisses pour aller à l'autel de la montagne célébrer la messe en plein air. La foule s'installe autour de l'autel ou sur les pentes du petit cirque qui l'entoure. La messe (2) est célébrée solennellement avec un diacre et sous-diacre, et chantée par les chœurs de toutes les paroisses. Souvent Mgr l'Evêque de Clermont vient présider la fête. A l'Evangile, est donné un sermon, facile à suivre, grâce à l'acoustique de ce temple unique.

La messe se termine par la Bénédiction du St-Sacrement que l'on porte processionnellement à la chapelle.

La foule se répand sur la montagne pour prendre son déjeûner, car les trois auberges sont absolument insuffisantes ; du reste, il est bien plus agréable de s'asseoir sur le gazon et de respirer le grand air.

Les pèlerins venus la veille reprennent le chemin du retour. La foule revient dans la chapelle et, vers 2 heures, les processions se réorganisent pour le départ. Groupés devant l'Image Sainte, les chœurs de chaque paroisse viennent successivement chanter leur plus beau cantique, celui qui doit faire sensa-

---

(1) Les paroisses de Murols et du Valbeleix viennent le plus souvent les deux derniers dimanches de juillet.

(2) Messe de la Sainte Vierge accordée par Indult de 1877.

tion ; puis, la procession descend à la Chapeloune pour re-cevoir la Bénédiction et suit le Chemin de Croix jusqu'au point marqué pour la dislocation. La paroisse de Picherande se dirige vers le Pont de Clamouze par Puy-Merle et rentre processionnellement jusqu'à l'Eglise paroissiale.

Pendant le Pèlerinage, un prêtre est en résidence à Vassi-vière et célèbre chaque matin la messe à 9 heures. Le diman-che, la messe est à 11 heures ; si l'assistance est suffisante, il y a une autre messe à 9 heures.

La fête de l'Assomption n'est pas une fête spéciale, néan-moins les fidèles sont nombreux ; on remarque surtout les familles en deuil qui viennent passer à Vassivière le jour de fête patronale.

La fête de St Louis est célébrée à Vassivière le dimanche qui suit le 25 août, même si le 25 est un dimanche. Les pèle-rins affluent dès la veille, et, si le temps le permet, on célèbre la messe en plein air. De Besse, monte une procession plutôt modeste, conservée en souvenir d'un vœu fait par les ancêtres, si l'on en croit la tradition.

Le 8 septembre, fête de la Nativité de la Sainte Vierge, est jour de fête à Vassivière, quel que soit le jour de la semaine où il tombe. Les communions et les confessions sont parti-culièrement nombreuses ce jour-là.

Enfin, le dimanche qui suit la Saint Mathieu (21 septembre), a lieu la dernière fête de Vassivière, la fête de la Descente (*La devalada*). Elle a ceci de particulier, que l'après-midi, on descend la Statue pour permettre aux assistants de lui baiser les pieds. Les porteurs arrivent, prennent leurs torches en-rubannées. A 4 h: $\frac{1}{2}$, le prêtre de service revêt la statue de son costume de voyage, la place sur le brancard pendant le chant du Salve Regina. La procession très réduite (car les gens de Besse sont retenus chez eux par les préparatifs de la fête), la procession part quelque temps qu'il fasse. Après un arrêt et une bénédiction à la Chapeloune, elle suit à rebours le Chemin de Croix, que l'on médite. A partir de la Baraque, on chante les Vêpres, puis on récite le Chapelet ; on chante des cantiques jusqu'à Besse. Sur le parcours, les fermes s'illuminent, les coups de fusil retentissent. Des vil-lages, des fermes, les gens viennent se joindre au cortège. A partir du bois des Tailladis, on rencontre la foule qui vient au-devant de la procession. Un kilomètre avant d'ar-river au Mèze, la circulation devient difficile et il est à peu près impossible de maintenir de l'ordre. Le clergé appelé par les cloches s'est mis en procession vers 6 h. 1/4, il est allé jusqu'au Mèze au-devant de la procession qui descend de Vassivière. Dès lors, c'est une fête curieuse, grandiose, une fête du Moyen-Age égarée en notre siècle. La croix processionnelle, les étendards précèdent le chœur des chanteuses. Elles sont suivies des reines, des porteurs et du clergé. Inutile de former une procession ; depuis de longues années, on a dû y renoncer. La foule, en effet, précède, accompagne ou suit le cortège. Mais son attention est distraite par les manifestations de foi et de joie : maisons illuminées, feux de bengales, feux de mousqueterie, feux d'artifice. Pendant l'exécution de cette partie de la fête, il serait dangereux de continuer le défilé, aussi la foule est compacte à toutes les places, où l'on attend l'arrivée de la Reine pour tirer les pièces les plus belles. Le beffroi, l'Hôtel de Ville sont illuminés. C'est la fête complète, sans une note discordante, ou plutôt, les notes discordantes sont prêtes à s'envoler des orgues qui appellent aux amusements forains la foule qui accompagne la procession. Mais cette foule se précipite dans l'église qu'elle envahit jusque dans ses recoins. La madone est revêtue de ses habits de fête, couronnée de sa riche couronne et placée sur l'autel provisoire qui l'avait reçue à la neuvaine de la montée. Un sermon est donné à cette foule vibrante, et le salut du St-Sacrement couronne cette triomphante soirée.

Une neuvaine dont les exercices sont exactement ceux de la première, commence ce soir-là pour se terminer le second lundi après la Descente. Cette fête de la clôture, de l'avis de beaucoup, est la fête la plus touchante du Pèlerinage, parce que c'est une fête de famille, calme et recueillie. Après le salut, ce soir-là, on descend la statue vénérée, et toute l'assistance défile dans le plus grand ordre pour lui baiser les pieds ; en 1909, il y eut 125 hommes et 517 femmes qui accomplirent cet acte de dévotion.

Quand ce défilé est fini, les premiers porteurs s'avancent avec le brancard, accompagnés par les quatre premières reines qui prennent les cordons. Ils entrent dans le chœur et présentent le brancard où l'on dépose la statue de Notre-Dame. Puis la croix, les étendards, le chœur des chanteuses précédant les porteurs, le clergé à la suite, on fait une fois et demie le tour de l'Eglise, au second passage devant la chapelle de l'abside, on s'arrête, et la Vierge reprend possession de son trône au-dessus de l'autel jusqu'à la neuvaine suivante pendant que le chœur lui chante ses plus touchants adieux.

LES « SEGNADOU » OU « PATER »

Le mot patois « *Segnadou* » signifie : Signe de croix. On appelle par extension « Segnadou » les divers points d'où l'on aperçoit la Chapelle de Vassivière et d'où l'on se signe. Certaines paroisses désignent ces mêmes points du nom de « Pater » parce qu'on salue la Chapelle de Vassivière par la récitation d'un Pater ou de quelque autre prière.

Les fidèles ont conservé la tradition des anciens âges, ils se mettent à genoux, se signent et font une courte prière quand ils voient pour la première ou la dernière fois le sanctuaire vénéré.

Pour tous ceux qui descendent du Sancy « La peyra dou Segnadou » est à l'extrémité du Sentier qui vient du Sancy.

La Plaine des moutons est le Segnadou de ceux qui viennent de la paroisse du Chambon.

Pour ceux qui viennent de St-Victor, de Murols ou de St-Nectaire, c'est auprès de la fontaine de la montagne de Rioubes.

Les fidèles de Saint-Anastaise, du Valbeleix, de Compains, ont leur « Pater » à la sortie des bois du Sancy.

Les gens qui viennent de Latour, de Chastreix, se signent en passant au-dessus de La Geneste.

Ceux de St-Donat, de Picherande, qui viennent par la montagne, s'arrêtent aux burons de la Geneste. Ceux qui arrivent par la route, saluent le sanctuaire quand ils sont à la hauteur du Lac Chauvet. Ainsi font ceux qui viennent d'Egliseneuve, de St-Genès-Champespe et du Cantal.

Il est aussi des points plus éloignés d'où l'on aperçoit et vénère la Chapelle de Vassivière. Les habitants des cantons de Marcenat et d'Allanche, qui vont aux foires de Brion, la saluent en passant au-dessus du Bos-Traveix, au Sud de La Godivelle. Ils font ainsi leur Roumania.

LA ROUMANIA OU ROUMAGNA

C'est le mot patois par lequel les pèlerins désignent l'accomplissement de leurs dévotions. Il est un proverbe patois qui précise ce sens : « Festa passada, roumagna faita » fête passée, dévotion faite, équivalent du proverbe français : Pas-

7

sée la fête, passé le Saint. Quand il s'agit du Pèlerinage de
Vassivière, ils disent : Voule gaigna ma roumagna. Je veux
gagner ma roumagna. Quel est le sens plus précis ? Nous
pensons avec plusieurs linguistes, que cela veut dire : J'ai
gagné les indulgences *romaines*. Autrefois, on allait à Rome
gagner les Indulgences Apostoliques, ou bien on les gagnait
dans les lieux de Pèlerinage auxquels le Pape les avaient
concédées. A plusieurs reprises, surtout en 1639, elles furent
prêchées solennellement et elles attirèrent un grand concours
de fidèles. Actuellement, on peut gagner les grandes Indulgences dont le tableau a été donné plus haut. Les fidèles
sont donc dans la tradition et la vérité quand ils se servent
de l'expression patoise « ai gaigna ma roumagna ».

Ils emploient aussi ce mot quand ils baisent avant de
partir la petite statue d'argent, qui ne quitte jamais Vassivière, et se trouve à leur portée sur une table en face de la
chaire. En signe de leur Pèlerinage, ils attachent à leur bou-
tonnière des faveurs de soie multicolores qu'ils appellent des
« Saint-Imable ». Parce que c'est de Riom que vient la coutume de porter en l'honneur de Saint Amable des faveurs
auxquelles on a fait toucher ses reliques.

LES EX-VOTOS

Nous avons vu plus haut par le Mémoire de 1636, par les
archives des années 1669 et suivantes, que les bienfaiteurs
et les clients de la Chapelle à Vassivière lui avaient, à main-
tes reprises, fait des présents remarquables. La Révolution
dépouilla la Chapelle non plus seulement des objets de valeur, comme les voleurs de 1669, mais de tout ce qui l'ornait.

Dès la réouverture les dons affluèrent de nouveau ; les uns
destinés à reconstituer l'ornementation indispensable de la
Chapelle dévastée, les autres, expression de la reconnais
sance, à la suite de faveurs reçues.

Le don le plus important fut celui de Mlle Admirat, qui
offrit à Notre-Dame de Vassivière sa chapelle rachetée. Elle
laissa en outre, par un testament de 1841, la somme de 1.000
francs.

En 1844, Martin Verdier, d'Anglards, paroisse de Saint-
Anastaise, légua à Vassivière la somme de 1.000 francs, à
charge de dire 50 messes pendant 10 ans. En 1850, un anonyme donna un ostensoir en vermeil. Cette même année, on

fit des réparations sérieuses à la toiture et au pavé de la chapelle. Les réparations de la Chapelonne coûtèrent 202 fr. 50,
en 1851. Ce fut en 1850 qu'on acheta une niche pour
la statue et qu'on installa les boiseries de la sacristie. En
1854, pose des vitraux et de la balustrade du chœur. M. Tar-

Vassivière : Intérieur de la Chappelle
(Cl. abbé GUITHARD)·

dif, professeur au Grand-Séminaire de Montferrand, fit don
d'un calice en 1855. De Montferrand vinrent, la même année, 20 chandeliers, dont 16 argentés et 4 vernis, don de
M. Maury. En 1856, don anonyme de 1.500 francs. Don de
300 francs de M. Chomette, de Condat-en-Feniers. En 1858,
don de Mlle de Montbel. La statue vénérée fut installée en

1859, dans la niche préparée au-dessus de l'autel central. Cette niche et toute l'ornementation de l'autel coûtèrent 805 francs. M. l'abbé Richard, de Tours en Touraine, donnait 150 francs ; M. Huguet, notaire à Billom, 50 francs ; Mme Rochette de Lempdes donnait une pendule ; M. Moulin, ancien ministre, la lampe qui est au milieu du chœur. La même année, la Chapelle recevait deux grands tableaux, donnés, l'un par l'Etat sur la demande de M. Moulin, député, et de M. Cougoul, maire de Besse ; l'autre, par une dame de Billom ; quatre vases de fleurs artificielles sous globe, don de Mme Rouher, épouse du ministre des travaux publics.

En 1860, un anonyme donnait 200 francs pour brûler de la cire, Mme Budan de Russé, de Tours, 100 francs ; Mme Tixier-Courbaire, 100 francs ; M. Lenègre et M. Monteil de Rioubes, donnèrent 220 francs pour les 4 candélabres. Les 2 lustres qui sont dans le chœur, à droite et à gauche, furent donnés par M. Boudet et Mme Lenègre. En 1862, fut placé dans la chapelle du Sacré-Cœur le bel autel en pierre d'Apremont, exécuté par Mombur, de Clermont, et donné par la famille Aubergier, de Besse. La Chapelle fut peinte par Belli, qui reçut 333 francs. Les dons de Mlle de Laverchère et de plusieurs anonymes en couvrirent les frais.

Géraud Monier, d'Espinchal, marchand de drap à Besse, légua la somme de 300 francs ; M. Savignat, curé de Murols, 500 francs, en 1865.

En 1875, don de 500 francs de Françoise Echavidre, de La Villetour ; de 300 francs de M. Laporte.

M. Romeuf, de La Capelle-le-Grand (Cantal), légua 300 francs pour une messe à perpétuité. M. Moulin, de La Tour, 1.000 francs à charge de dire deux messes, 1878. Ces dons et d'autres semblables, utilisés pour les besoins de la chapelle, ont pu échapper à la rapacité des vandales modernes.

Beaucoup d'autres donateurs ont voulu rester ignorés, mais avec les années il est arrivé que les correspondances ont dévoilé bien des secrets. Il nous a été donné de recevoir, d'un aimable auteur (1), communication d'un vœu fait par le futur général d'Orcet, il écrivait de Paris à son père, le 13 juillet 1854....

_____

(1) Le général d'Orcet, par M. Le Peletier d'Aunay.

« Je vous dirais aussi que j'ai fai vœu, si j'étais reçu à Saint-Cyr, d'offrir à N.-D. de Vassivière ma première solde d'officier. Je vous prie, quand vous serez au Mont-Dore, d'aller prier pour moi à Vassivière et d'y renouveler mon vœu.... ».

Avec l'argent affluèrent aussi les ornements précieux donnés par Mme la baronne Desaix, Mme Aubergier, Mme Tixier-Aubergier, Mme Lébraly-Aubergier, Mme Roux, de St-Babel, Mlle S. Pipet, de Besse. Un brûle-cierges, don de la famille Bapt-Bapt, d'Egliseneuve, etc.

Les fêtes du Couronnement, en 1881, furent splendides, mais les frais furent considérables. La charité sans bornes des fidèles y pourvut. Nous avons relevé les noms de 437 donateurs qui versèrent la somme de 15.187 fr. 45. A citer, en particulier, la Congrégation de la Miséricorde qui donna 1.000 francs, les familles Aubergier-Tixier-Lébraly, qui donnèrent 2.000 francs ; M. l'abbé Cohalion, 1.000 francs.

Pour avoir la physionomie de cette souscription, il faudrait connaître les noms inscrits dans les cahiers des dames patronnesses ; on aurait ceux de toutes les familles de Besse ; plus de cent paroisses du diocèse ont fourni des souscripteurs.

A ces dons, il faut ajouter tous ceux qui furent faits pour l'ornementation des couronnes de la Sainte Vierge et de l'Enfant-Jésus. L'or, les diamants, les rubis, les perles fines, furent prodigués ; un superbe saphir, don de la famille Berthoule, orne la grande couronne. Aussi l'on a pu obtenir de l'orfèvre une merveille d'art et de richesse.

Tous ces dons témoignent de la dévotion et de la reconnaissance des fidèles envers N.-D. de Vassivière. De tout temps il en est qui ont voulu manifester leur gratitude d'une façon particulière. Les boiteux laissaient leurs béquilles, les infirmes modelaient en cire, d'une façon plus ou moins habile, le fac-simile du membre guéri. La chapelle, du côté de l'Evangile, qui fut consacrée si longtemps à l'image vénérée, contenait ces naïfs ex-votos. La plupart des béquilles ont disparu disloquées ou détruites par l'action de l'humidité. Les ex-votos en cire ont mieux résisté.

La chapelle du côté de l'Epitre fut réservée aux ex-votos écrits ou imprimés, dans lesquels se trouvaient soit quelques mots de reconnaissance, soit le récit du miracle, de la faveur accordée. Le plus souvent ces ex-votos, ornés de peintures ou de dessins, étaient sous verre, dans des cadres ovales. L'humidité des longs hivers en a détruit un grand nombre.

Tableaux, plaquettes, cadres divers ont exprimé long-temps la foi et la reconnaissance. On offrit aussi des cœurs en argent ou en cuivre doré. Ils sont fixés sur le retable du maître-autel et entourent la statue de Notre-Dame. Enfin, les ex-votos en marbre ont fait leur apparition. Ils se multiplient de plus en plus, et tendent à constituer pour les murs de la chapelle un revêtement somptueux et éloquent ! (1)

(1) Il serait à désirer pour la facilité des raccords que les fidèles acceptassent les dimensions prescrites pour les *ex-votos :* 0,30 de long sur 0,25 de haut et 0,01 d'épaisseur, ou un multiple de ces mesures. M. le curé peut les faire établir à 4 francs l'un, plus 0,20 par lettre.

IX

LES MIRACLES

L'histoire de Notre-Dame de Vassivière serait incomplète, si l'on ne connaissait pas les miracles opérés par son intercession.

Comment en effet expliquer l'affluence des foules en un sanctuaire éloigné de toute agglomération, si peu abordable pendant de longs siècles, et déshérité encore aujourd'hui des moyens de transport ? Qu'est-ce qui les attire ?

Serait-ce la magnificence de la Chapelle ? Hélas, elle est bien modeste, trop modeste.

Est-ce la beauté du paysage ? Nous admettons volontiers qu'elle est de nature à impressionner ceux qui analysent leurs sentiments. Mais, si les habitants de la région n'y sont pas insensibles, il faut bien reconnaître aussi que l'accoutumance émousse leurs impressions. Familiarisés depuis leur enfance avec ces montagnes, il n'entreprennent pas une marche fatigante pour le seul plaisir de contempler les larges horizons que l'on découvre de Vassivière.

C'est dans les miracles, dans les faveurs accordées par le ciel aux pèlerins, qu'il faut chercher la raison de cette dévotion bientôt quatre fois séculaire.

Qu'est-ce donc que le miracle ? C'est un acte de la puissance divine, une dérogation aux lois de la nature.

Le miracle est-il possible ? Oui, répond la religion :

1° Parce que Dieu qui a fait les lois de la nature garde le pouvoir d'en suspendre l'application dans un cas particulier. Les morts ne peuvent pas revivre : Dieu qui a posé cette loi, peut bien y déroger en rappelant un défunt à la vie.

2° Parce que Notre-Seigneur Jésus-Christ a dit qu'il accorderait des miracles à ceux qui auraient en lui une foi vive : « Tout est possible à celui qui croit ». Saint Marc, ch. IX, 22. En saint Matthieu, il dit à ses apôtres qu'ils pourraient faire des prodiges comme lui et de plus grands encore : « Si vous avez la foi, si vous n'hésitez pas, vous pouvez dire à cette montagne, va, jette-toi à la mer, et elle le fera » Saint Matth., XXI, 21, Dieu a donc promis de faire des miracles — la prière les obtient de Lui — ils sont la récompense de la foi, et c'est en ce sens que la foi guérit.

3° Parce que l'histoire nous apprend qu'il y a toujours eu des miracles dans l'Eglise, qu'ils ne cessent d'être opérés surtout par l'intercession de la Très-Sainte Vierge. Il est impossible de les nier sans parti-pris.

Mais ce parti-pris existe, et la libre-pensée déclare hautement que le miracle n'existe pas, qu'il n'est pas possible. Pour quelles raisons ? elle n'en donne pas, mais elle l'affirme avec cet aplomb qui prouve, suivant la parole de Bossuet, que le plus *grand dérèglement de l'esprit est de croire les choses parce qu'on veut qu'elles soient.*

Elle a essayé, dans sa campagne contre Lourdes, de faire interdire ce Pèlerinage pour supprimer les miracles qui l'exaspèrent. Ce serait pour elle le meilleur, le seul moyen d'espérer la paix, comme le cosaque qui s'écriait : L'ordre règne à Varsovie, après en avoir tué les habitants.

Il est incontestable qu'il existe encore aujourd'hui, qu'il a existé dans le passé des faits miraculeux. De nombreux témoins, dignes de foi, ont vu se produire des guérisons inexplicables sans une intervention surnaturelle. Aussi bien les libres-penseurs reconnaissent-ils ces faits, mais comme il faut leur enlever coûte que coûte leur auréole divine, ils tenteront d'en donner une explication naturelle. Un instant ils avaient cru trouver en un médecin aliéniste l'homme qui, au nom de la science, allait enfin détruire le miracle. Avec la merveilleuse réclame qu'ils savent organiser autour de ceux qui veulent nuire à l'idée religieuse, ils exaltèrent ses expériences : il avait trouvé la clé de toutes les guérisons, il savait le dernier mot de la question. Mais il fallut bien déchanter quand ce maître formula le résultat de ses expériences : voici comment il annonce la nouvelle découverte :

« Le miracle thérapeutique a son déterminisme, et les lois qui président à sa genèse et à son évolution *commencent* à être *sur plus d'un point suffisamment* connues, pour que le groupe de faits qu'on englobe sous ce vocable, se présente avec *une allure assez spéciale* pour ne pas *échapper tout à fait* à notre appréciation ».

Cette définition est loin d'avoir la précision et la clarté qu'on est en droit d'exiger, et les cinq expressions restrictives qui sont soulignées indiquent l'embarras de la libre-pensée quand elle prétend expliquer le miracle.

Elle suffit pourtant, telle quelle, aux incrédules. Et tandis que l'Eglise est si prudente pour se prononcer sur l'authenticité d'un miracle, ils essayent vainement d'en donner une explication. Le malheur est que, rejetant en principe l'intervention de Dieu, ils suppriment du même coup l'auteur du miracle et se placent dans l'impossibilité de comprendre ce fait surnaturel.

Pourquoi cet acharnement contre le miracle, pourquoi nier, pourquoi repousser de parti-pris l'action surnaturelle : c'est que si on l'admettait, il faudrait reconnaître la puissance de Dieu, l'adorer, lui obéir et c'est là ce qui arrête ceux qui ont peur de voir, qui craignent de comprendre : ils seraient obligés d'agir chrétiennement, d'admettre l'existence d'un Dieu qui s'occupe de nous, et ils aiment mieux le croire un peu lointain, ou même l'ignorer tout à fait.

A tous ceux qui veulent s'en tenir aux enseignements de l'Eglise, nous dirons : Dans vos peines, dans vos afflictions, recourez à Dieu par l'entremise de Notre-Dame de Vassivière. Dans vos malheurs, dans vos maladies, allez à Elle. Si vous avez réellement la foi, demandez : elle peut vous guérir. Ce qu'elle a fait dans le passé vous donne le droit d'espérer pour l'avenir. Votre foi, si Dieu le veut, peut obtenir des miracles.

La première enquête concernant les miracles opérés à Vassivière date de l'année 1609. Cette année-là, le 2 juillet, Jean Cladière, notaire à Besse, délégué par l'officialité de Clermont, reçut les dépositions d'un grand nombre de témoins. Ces dépositions sont rapportées par le P. Coyssard, dans son *Abrégé de l'histoire et miracles très bien averez de N.-D. de Vassivière, près du grand Mont-d'Or en Auvergne, à une lieuë de Bessé : le tout fidèlement tiré des mémoires authentiques de M. Jean Cladière, notaire juré en l'officialité de Clermont, envoyez à Lyon, au R. P. M. C. J.* ; publié, à Lyon, chez Louis Muguet, rue Mercière, en 1615.

Le livre du P. Coyssard est devenu très rare ; nous en avons reproduit textuellement la plus grande partie dans notre travail (Ordre de la procession, miracles, etc.). Nous ne pouvons nous dispenser de donner ici quelques renseignements bibliographiques sur le savant Jésuite qui a écrit cet ouvrage.

Le P. Coyssard était un enfant de Besse où il naquit le 27 septembre 1547. « Tandis que les PP. Laynez, Nadal et

Paschase Broet, écrit le R. P. Prat dans ses *Mémoires pour servir à l'histoire du Père Broet* (1), étaient réunis à Paris, un écolier de quinze ans, nommé Michel Coyssard, alla solliciter auprès d'eux la faveur d'être admis dans la communauté de la rue de la Harpe. Tout en lui plaidait en sa faveur ; l'innocence et la candeur de son âme illuminaient les

Les Couronnes

traits de son visage ; dans son regard à la fois doux, vif et modeste, brillait le feu de l'esprit ; l'ardeur de sa prière répondait de celle de ses désirs. D'ailleurs, il était né dans le diocèse de Clermont, à Besse-en-Chandesse ; et cette origine ajoutait à ses qualités personnelles un titre tout puissant sur des cœurs pleins de reconnaissance pour le pays qui, sous les auspices paternels de Mgr Guillaume Du Prat, venait de donner à la Compagnie sa première demeure en France.

_____

(1) Le Puy, Freydier, 1885, pages 532 et 533.

« La demande du jeune Michel Coyssard ne pouvait donc pas être refusée ; la faveur qu'il sollicitait dans les premiers jours du mois de Juin, lui fut accordée le 8 septembre (1562). Depuis ce moment, jusqu'au dernier de sa vie, Michel Coyssard exerça toutes les fonctions de sa profession, et dans toutes il montra comment on peut les remplir à la satisfaction de Dieu et des hommes. Placé un des premiers à la tête de la direction générale des études du Collège de Clermont (à Paris), après en avoir occupé les premières chaires, il rédigea et publia des ouvrages classiques les plus propres à guider les jeunes intelligences dans la culture de la langue de Cicéron et de Virgile. Non moins capable de gouverner les collèges que d'en diriger les études, il fut successivement placé à la tête de ceux de Lyon et de Tournon, et nommé premier supérieur de ceux du Puy, de Besançon et de Vienne. Partout il sut faire marcher de pair la culture des lettres et la pratique de la vertu et sanctifier l'étude par l'esprit de piété ».

Le P. Coyssard est mort à Lyon, le 10 juin 1623.

En l'année 1641, l'évêque de Clermont, Joachim d'Estaing, délégua deux commissaires, Jean Belot, procurateur du diocèse, et Claude Peyronin, docteur en théologie, afin de recueillir dans des documents officiels les faveurs accordées dans les derniers temps. Les procès-verbaux furent rédigés au mois de septembre 1641.

En 1648, le même évêque chargea les curés d'Ardes et d'Espinchal de faire une nouvelle enquête et de consigner par écrit les miracles récemment accomplis.

Jacques Branche, chanoine régulier, prieur-mage de l'abbaye de N.-D. de Pébrac, publia en 1651, dans sa *Vie des Saincts et Sainctes d'Auvergne*, quelques-uns des faits miraculeux survenus à Vassivière depuis l'année 1614 jusqu'en 1647. « Pour éviter la trop grande longueur, écrit le narrateur, je suis contraint de taire plusieurs autres miracles qui m'ont été envoyés par MM. les Prestres de la ville de Besse. »

En 1688, un religieux Bénédictin de la Congrégation de Saint-Maur, Dom Cladière (1), rapporta dans son *Histoire*

---

(1) Jean-Joseph Cladière, né à Besse, fit profession, le 21 juin 1677, à l'âge de 21 ans, dans l'abbaye de Saint-Augustin de Limoges, et mourut dans celle de Saint-Jean d'Angély, le 23 septembre 1720.

de la sainte chapelle de Notre-Dame de Vassivière près du Mont-d'Or en Auvergne, imprimée *à Clermont, chez Damien Boujon, imprimeur à l'Image Saint-Jean-l'Evangéliste, devant le Palais*, tous les miracles narrés par Coyssard, ceux rapportés par Jacques Branche, et ceux qui s'étaient produits depuis 1648 jusqu'à l'année 1688 (1).

Tous ces faits avaient été soigneusement recueillis et authentiqués par les soins des prêtres communalistes. Mais au XVIIIᵉ siècle, soit qu'il y ait eu incurie de la part des gardiens du pèlerinage, soit que les documents se soient perdus, il y a pénurie à peu près complète de renseignements. Nous ne trouvons qu'une seule constatation, à la date de 1747.

Depuis une quarantaine d'années, les curés de Besse ont repris l'ancienne tradition de leurs prédécesseurs du XVIIᵉ siècle. Ils consignent, avec un zèle des plus louables, sur un registre spécial, les faits qui parviennent à leur connaissance ou dont ils sont témoins. Grâce à ce précieux recueil, nous avons pour les temps contemporains une foule de renseignements intéressants. Nous les utiliserons avec une certaine mesure, obligés que nous sommes « de raccourcir cette histoire, le public, comme le dit Cladière, ayant de la peine à lire les gros volumes. »

C'est le texte même des anciens auteurs que nous reproduisons dans la relation des miracles. Qui ne goûterait la saveur de ce vieux langage ? Qui ne serait séduit par le charme exquis de ces naïfs récits ? Sans compter que la reproduction littérale des écrits de Coyssard et de Cladière donne presque à notre *Histoire* la valeur d'une réimpression des ouvrages de ces vieux auteurs.

En note nous indiquerons la source où nous avons puisé ce que nous rapportons, et cette note s'appliquera tant au miracle ainsi annoté qu'à ceux qui suivront, jusqu'à ce qu'une nouvelle source soit donnée. Puisse cette longue énumération des bienfaits de Notre-Dame « procurer la gloire de Dieu, et faire honorer sa très pure Mère, dans un lieu qu'elle a choisi pour y faire connaître son pouvoir et y répandre les effets de sa bonté ! » (2).

_____

(1) L'ouvrage de Cladière a été réimprimé à Clermont, chez Veysset, en 1839.

(2) Cladière, p. 339.

Pour ne pas grossir démesurément le volume, on a dû, bien à regret, renoncer à conserver toute la série des miracles. On garde les anciens numéros d'ordre pour faciliter la comparaison avec l'édition de 1891.

I. — *Miracle d'un indevot aveugle* (1).

Or il advint, que l'an 1547, au mois de juin, que certains habitants de Besse, nommez Guillaume de Chalus, Pierre Gef, dit Sipolis, et autres s'en allans à La Tour pour leurs négoces, arrivez qu'ils furent auprès de la sus-mentionnée muraille, voisine de leur passage, mettent le genoux à terre, et selon la louable coustume, font leur oraison à nostre Dame, hormis Pierre Gef, lequel comme mesprisant la devotion de ses compaignons, gaigne le devant par la descente jusques au petit ruisseau, qu'il devoit passer, où estant parvenu, il fut offusqué je ne sçay comment, dont se mit à crier : *Hé Dieu, qu'ay-je fait ? Vierge Marie secourez-moy !* Les autres appelez de ses cris, y accoururent, et trouvèrent qu'il ne voyoit goute, et s'informans de la cause d'un tel désastre, il confessa librement que c'estoit pour ne s'estre daigné de saluer la S. Vierge avec eux. Ses compaignons le consolent le mieux qu'ils peuvent, le reconduisans par la main devant la S. Image, où tous ensemble implorent la miséricorde de Dieu, et la faveur de sa Mère très saincte. Pierre Gef confessant sa témérité et proposant de s'amender à l'advenir, faict vœu que s'il plaisoit à Dieu de luy rendre la veüe par les mérites et intercession de la glorieuse Vierge Marie, il seroit le premier roy de dévotion, à la première feste d'icelle, sçavoir est, à la Visitation, le second jour de juillet, et qu'il donneroit cinq livres de cire pour le service divin, à l'église de Besse. Ce qu'ayant promis solennellement, il recouvra soudain la veüe, dont en remercia bien humblement nostre Seigneur, et nostre Dame, avec ses compaignons, lesquels tous ensemble très joyeux reprindrent la route de La Tour, d'où estans revenus à Besse, firent une déclaration authentique soubs leur serment, entre les mains des magistrats de la ville.

_____

(1) Coyssard, p. 28.

VI. — *Miracle d'un mort-né ressuscité.*

Au mesme temps que la chapelle se bastissoit, advint qu'une certaine femme du haut païs d'Auvergne perdit un enfant nouveau-né, dont extremement faschée avec son mary de ce qu'il n'avoit peu estre baptisé, n'eurent autre remède que de recourir aux prières de la glorieuse Vierge de Vassivière, la supplians de très-humble cœur de les vouloir favoriser de cette grâce que leur enfant receust le S. Sacrement de baptesme, et promettans d'aller visiter sa chappelle, et d'y donner autant de cire que l'enfant peseroit. Lequel tout aussi tost fut remis en vie et baptizé, et a vescu longuement après. *La preuve de ce miracle est à la fin.*

IX. — *Miracle d'un sauvé de l'eau.*

L'an mil cinq cens quatre-vingts et trois, honorable homme Gérard Coderc, habitant de Besse, revenant d'une foire de la haute Auvergne, contrainct de traverser un ruisseau qui s'estoit desbordé, lequel pensant de le gayer sur sa monture chargée seulement de quarante ou cinquante livres d'autre marchandise, et entré deux ou trois pas dedans l'eau, il s'apperceut qu'elle perdoit terre ; si que voulant tourner bride tombe avec sa cavale, couvert des flots et des ondes furieuses, n'espérant point d'en sortir que par la seule assistance de Nostre Seigneur et de Nostre Dame de Vaccivière, qu'il réclama de tout son cœur à son secours, n'ayant autre qui luy tendist la main. Sa prière finie, il luy sembla qu'un certain esprit le tenoit sous les bras, qui le rendit sain et sauve à la rive. Et croyant que sa monture fust perduë, voilà qu'elle aborde sans dommage aucun de la marchandise qu'elle portoit. De quoy il remercia Dieu et sa Mère très-miséricordieuse, et fut son roy de dévotion, donnant sept vingts livres de cire pour le service de la chappelle. *Honneste femme Michelle Meynial, veuve dudict Coderc a déposé par serment ce que dessus estre asseuré et véritable, et ce en la présence de M. Gérard Chanet, de M. F. Chandeson, et du sieur Cladière, recevant l'acte, 1609, le 2 de juillet.*

X. — *Miracle d'un guéri du mal des yeux.*

L'an 1587, Me Michel Pagenel, procureur d'office en la
chastellenie de Chandèze, et secrétaire de la ville de Besse,
relevé d'une grosse maladie, fut affligé d'une fascheuse of-
fuscation de vue, laquelle peu à peu s'empira et l'aveugla
du tout. Or voyant que les colyres et remèdes humains n'y
pouvoient rien plus, il recourt aux célestes, et seul en sa
chambre se prosternant au pied d'un coffre, commence à chau-
dement implorer la bonté infinie de Dieu, de le secourir en
sa misère, pour avoir perdu ce que l'homme tient de plus
cher en ce monde, qu'il n'esperoit de jamais recouvrer que
par sa seule grâce, et par l'intercession de la Vierge, sa Mère,
qu'il supplie à jointes mains, et la larme à l'œil, d'être son
advocate, et qu'en recognoissance il la serviroit fidèlement
toute sa vie, et seroit par dévotion roy en sa chapelle de Vaccivière, y donnant cinquante livres de cire ; ce qu'il fit l'an
1589, le 2 de juillet, auquel jour il en a fait encore une déclaration solennelle devant les deputez.

XIV. — *Miracle d'un moqueur de la procession.*

Il y a environ seize ou dix-sept ans que la ville d'Allanche,
du haut pays d'Auvergne, fit publier une procession solennelle à Notre-Dame de Vaccivière, distante de cinq ou six
lieues, pour rendre actions de grâces à Dieu et à la Vierge de
quelque faveur particulière qu'elle avoit reçue de cette sainte
chapelle. Tout le peuple s'y dispose avec les messieurs d'é-
glise, de justice et de consulat, et ensemble viennent en bel
ordre et cérémonie à Vaccivière, le jour de la Visitation, feste
principale de la dite chapelle. Cependant un je ne sais qui
de la mesme ville commence à se moquer de la dévotion de
ses concitoyens et se rire de leur sainte entreprise, dont le
voilà soudainement perclus de tous ses membres, n'en pouvant mouvoir aucun : punition manifeste de sa trop grande
insolence contre l'honneur fait à la Mère de Dieu, lequel sait
bien faire la justice quand il lui plaist. Ce qu'étant remontré
à ce misérable par ses amis, il reconnaît sa faute et pleurant
en demande pardon à la divine Majesté et promet de faire
le voyage de Vaccivière. Ce qu'ayant déclaré, il trouve que

son mal s'étoit de beaucoup amoindri, mais non pas tellement
qu'il put mettre un pied devant l'autre. Espérant toujours
pleine guérison, se fait monter à cheval et conduire à Vaccivière par ses parents qui le descendirent au devant de la
porte de la chapelle. Lui qui auparavant ne se pouvait sou-
tenir sur ses jambes ni moins les remuer, s'en va seul droit au
grand autel, où après qu'il eut fait sa dévotion et ouï la sainte
messe, recouvra son entière santé et bonne disposition, mani-
festant le miracle fait en sa personne à plusieurs qui se ren-
contrèrent là, et nommément à messire Antoine Admirat, prestre de Besse et marguillier de l'église, lequel par *sa déposition juridique, signée de sa main, l'an 1609, le 2 de juillet,
l'assure très véritable, l'ayant veu de ses yeux.*

XVII. – *Miracle d'un enfant aveugle.*

L'an 1606, le 9 de juillet, dimanche après la Visitation de
N.-Dame, certaine villageoise d'auprès de Vaccivière y arriva
sur les neuf heures du matin avec son fils nommé Jean, aveugle, âgé de douze ou treize ans. Or causant (1) la presse du
peuple qui estoit en la chapelle, elle fit arrester son dict fils
au devant de l'oratoire où est la fontaine, pendant qu'elle
s'en alloit faire célébrer le saint sacrifice de la messe et prendre du saint vin (qu'on appelle saint vinage, du grec *oinon
agion, vinum sanctum*), le donnant en garde à Jean Martin,
le père duquel servoit les pèlerins de l'eau de la sainte fontaine, de sorte qu'il eut crédit de faire entrer dans le dict oratoire le garçon aveugle, où prosterné à genoux, après qu'il
eut dit son *Pater Noster* et *Ave Maria*, avec le reste de sa
croyance, but de l'eau, et devant que s'en estre lavé, fut aperçu
n'avoir aucune prunelle aux yeux tout blancs. Là-dessus la
mère arrive et appelle son Jean pour s'en aller, il lui répond
en son langage : *Mère, iou m'en anarcy be tout soulet, car
Deou marce et nostre Dame, iou vèze fart be.* La mère toute
ravie du miracle, le tire hors de là et le conduict à la chapelle
pour en rendre graces à Dieu et à la béniste Vierge, où il
alla tout droict, sans l'aide de personne. Le susnommé Jean

_____

(1) A cause de.

Martin et plusieurs autres présens l'ont ainsi tesmoigné juridiquement en la présence de plusieurs.

●

XXVII. — *Miracle d'un enfant tiré d'une chaudière bouillante.*

Il y a dix-sept ou dix-huit ans qu'ès montagnes d'Auvergne, au bourg d'Apchon, distant six lieues de Vaccivière (1), il advint qu'un petit garçon, âgé de trois ans et nommé Jean Gilbert, fils d'honorable homme Paul Gilbert, et de vertueuse femme Anne Comolet, habitans dudit lieu, fut d'une sienne sœur un petit plus grandette, poulsé en arrière par mesgarde, contre une basse chaudière pleine d'eau bouillante, qu'on venoit de tirer du feu, où il culbuta de telle sorte qu'en une grande partie de son petit corps sa chair tendre fut presque toute cuite, sans espérance de guérison par remèdes humains, tellement que le père et la mère, dévotieux qu'ils estoient, recourant aux prières de la sainte Vierge, le luy vouèrent en sa chapelle de Vaccivière, où la mère monta jusqu'au sommet de la montagne à deux genoux qu'elle avoit tout escorcheż et sanglants. Dont son dict enfant se porta bien et vit encore aujourd'huy, dispos et gaillard, n'ayant que la peau des cuisses et du ventre ridée, pour marque du bénéfice reçu. Cecy a été assuré par la déposition qu'en a faicte à Lyon ce 20 de novembre, l'an 1614, M. Antoine-Paul Gilbert, son frère, régent au collège de nostre Compagnie. Ainsi est, *M. Coyssard.*

Attestations des cy-dessus mentionnez miracles.

Messire Pierre Blanchier, curé de Saincte-Anastaise, prestre en l'église S.-André de la ville de Besse, âgé de soixante-dix-huict ans, et honorable homme Jean Coailhon, dict Savouné, habitant de la mesme ville, âgé de soixante et dix ans, ont déposé sur leur serment, en la présence des principaux

---

(1) Les habitants d'Apchon vont annuellement en procession à N.-D. de Vassivière. (*Note du P. Coyssard.*)

de Besse, l'an 1609, le second de juillet, que les miracles premier, second, troisième, quatrième, cinquième, sixième, septième et huitième, arrivés en leur temps, et en ayant vu la plupart de leurs yeux, sont très-assurés et véritables ; comme aussi l'histoire de la fondation de la saincte chapelle de nostre Dame de Vaccivière, de l'oratoire et de sa fontaine aussi ; en foy de quoy ils se sont soubsignés, l'an et jour que dessus, maistre Jean Cladière, notaire en l'officialité de Clermont, recevant leur déclaration. P. BLANCHIER. I. COAILHON. *Les autres attestations sont apposées à chaque miracle à part.*

Certifications de MM. les bayles et consuls.

Nous MM. Guillaume Meynial et Antoine Chandezon, naguières bayles de l'église, collège et communauté de Saint-André de Besse, et MM. Guillaume Rigaud et Antoine Chabasse, à présent bayles de la mesme église, et nous François Chandezon et Jean Verny, consuls en la présente année, de ladite ville, certifions à tous ceux qu'il appartiendra que les déclarations cy-devant écrites et faictes par les nommés en icelles, des miracles insérés, ont été faictes en nos présences, toutes lesquelles nous assurons contenir vérité, et particulièrement ce qu'ils ont dit de la fontaine, comme chose notoire et manifeste à chacun. En foy de quoy nous nous sommes soubsignez de nos seings manuels. Faict en la ville de Besse le jour et feste de la Visitation de N.-Dame, après le retour de la procession solennelle de Vaccivière, second de juillet 1609. *G. Meynial,* bayle ; *A. Chandezon,* bayle ; *G. Rigaud,* bayle ; *A. Chabasse,* bayle ; *F. Chandezon,* consul ; *J. Verny,* consul.

Tout le mesme ont depuis attesté messieurs de la justice : *Antoine Goudivel,* chastelain ; *Antoine Deserres,* lieutenant ; *Antoine Fouhet,* procureur du roy, licencié aux lois.

XXXII. — *Miracle d'une jeune fille guérie.*

Agnes Borrier, âgée de huit ans, fut dans ce jeune âge attaquée d'une maladie si violente qu'elle la rendit percluse de tous ses membres sans qu'elle pût avoir l'usage d'un seul. Jean Borrier son père et Caterine Lampesa sa mère, bourgeois

des plus commodes de la ville d'Allanche, voïant leur fille
dans un état si pitoïable, n'oublièrent rien de tout ce qui
pouvoit la rétablir dans sa première santé : mait ce fut en
vain, parceque ce corps délicat ne pouvant supporter la force
des remèdes, fut réduit à une telle extrémité, qu'on attendoit
plus que la mort. Cela fit résoudre ce triste père de mettre
toute son espérance en Dieu et en la protection de sa divine
Mère : il fait vœu dans ce moment d'aller à la Sainte Chapelle de Vassivière pour la demander, où étant arrivé et fait
ses dévotions, il remplit une fiole du vin béni qu'on a accoû-
tumé de distribuer aux pèlerins ; et y mela de l'eau de la
fontaine qui est au dedans du petit oratoire ; étant de retour dans sa maison et montrant la fiole à sa petite malade,
son corps qui auparavant étoit sans mouvement commença
d'en avoir de si particuliers, que tous les assistans en furent
dans l'admiration ; mais leur étonnement s'augmenta beaucoup quand ils virent cette petite s'élancer vers la fiole qu'on
luy présentoit, comme si elle l'eut voulüe engloutir, et faire
en suite par le commandement de son père le signe de la
croix avec autant de facilité comme si elle n'avoit jamais eü
les bras perclus. Cette merveille obligea le père et la mère
de la malade de continuër l'espace de trois jours leurs prières
devant un petit oratoire qu'ils avoient dressé proche de son
lict, et de lui donner chacun de ces jours du vin et de l'eau
de la fiole, qu'elle bûvoit avec une avidité incroïable. Les trois
jours finis, on vit une chose surprenante. Cette petite parali-
tique qui étoit percluse de tous ses membres, et à laquelle la
longueur et la violence du mal avaient oté la parole (et sur
le point de luy ôter la vie), recouvrer par un miracle le plus
avéré et le plus incontestable qui fut jamais, l'usage libre de
tous ses membres, la parole, et nous pourrions ajouter encore
la vie, puisque selon toutes les apparences on ne devoit plus
attendre que la mort ; on la vit dabord dans une parfaite
convalescence et dans peu de tems dans une entière santé.
Les sieurs curé et vicaire de la ville d'Allanche, qui étoient
présents, et plusieurs autres personnes des plus apparantes de
la ville, qui s'étoient renduës dans la maison du sieur Borrier
au bruit des premières merveilles que la sacrée Vierge avoit
fait en faveur de sa fille, furent des témoins oculaires de son
entière guérison. On en dressa un acte juridique le dixième
jour, de juillet de l'année 1620, qui fut signé des sieurs
Journel curé, et Robert vicaire d'Alanche, et du père de la
fille ; plusieurs autres personnes qui avoient vû de leurs yeux

toutes les circonstances de ce grand miracle en firent aussi leur déclaration selon les formes.

XXXVIII. — *Une jeune Demoizelle et une femme mariée mortes par d'étranges accidens sont ressuscitées.*

Les exemples suivants font connoître combien le pouvoir de la très Sacrée Vierge est grand et sur la mort, et sur tous les divers accidens qui la peuvent causer.

Le premier et le plus remarquable fut la mort et la résurrection ensuite d'une jeune Demoizelle. L'attestation de ce grand Miracle fut premièrement faite en latin par le sieur Clavelier, très-docte Médecin de la ville de Besse, et qui par cette raison n'en est pas moins autentique ny moins véritable, car ces Docteurs ne sont pas ceux (comme on le dit communément) qui croient trop légèrement les Miracles, outre que celui-cy fut fait en présence de tant de peuple, et avec des circonstances si particulières et si extr-ôrdinaires, qu'amoins d'avoir perdu le sens et la raison, il n'est pas possible d'en nier le fait. On fit encore un autre acte juridique qui fut signé comme l'attestation de plusieurs personnes considérables qui en avoient été les témoins oculaires. Voici en substance ce que contiennent tous les deux.

Le quinzième jour d'août, fête de l'Assomption de la glorieus Vierge, en l'année 1623, la Dame Baronne de Crestes étant partie de son château de Courgou (distant de la montagne de Vassivière trois lieües ou environ) avec le sieur de Rocheromaine son fils ayné, Mademoiselle de Moulineuf sa fille, et quelques uns de leurs domestiques, pour aller en devotion à la Sainte Chapelle de Vassivière ; étant en chemin, la bride du cheval sur lequel étoit montée Mademoiselle de Moulineuf, se rompit : ce cheval assés fougueux n'étant plus retenu, fait plusieurs bonds et prend la course, mais avec tant de vitesse, que cette jeune Demoizelle (qui n'étoit âgée que de dix-sept ans) se vit bien-tôt, malgré tous ses efforts, hors de la sçelle, et en tombant, une jupe de satin qu'elle avoit, se prit par mal'heur au pommeau de la sçelle, ce qui fit qu'elle y demeura suspendüe la tête contre terre : ce cheval, pour lors, devenant plus fougueux, la traîna en cet état. l'espace de demi-heure, depuis un lieu qu'on appelle la montagne de là Cépet, jusques au bas de celle de Vassivière ; la mère, le fils, les domestiques, tous éperdus, à la vue de ce triste spectacle, jettent mille cris au Ciel, et font des efforts extr-ôrdinaires pour arrêter ce cheval, mais ce fut en vain, jusques à ce que plusieurs autres personnes qui alloient ce même jour en dévotion à Vassivière, l'arrêtèrent au lieu que nous avons marqué ; on détacha cette pauvre Demoizelle du pommeau de la sçelle, et on vit qu'elle étoit effectivement morte, aiant la tête toute pelée, avec une infinité de playes et de contusions des coups qu'elle avoit reçus, sa face toute déchirée et toute en sang, de ce qu'elle avoit traîné contre terre et hurté contre une quantité prodigieuse de pierres. Madame de Crestes voiant sa fille (qu'elle aimoit passionement) dans cet état, demeura quelque tems sans parole et sans mouvement : étant revenüe a soy, elle commanda qu'on porta le corps dans un lict d'une des hotéleries de Vassivière, et tirant des forces de sa foiblesse, se rendit en même tems en la Sainte Chapelle, où se confiant aux bonté et à la puissante intercession de la Sacrée Vierge, elle luy voüe sa fille morte, la conjure en-suite, la presse, la sollicite par ses larmes, ses soupirs et ses gémissemens, que puisque toute l'Eglise la regarde comme la Mère des affligés, que dans cette occasion pressante elle luy soit véritablement Mère en rendant la vie à sa fille ; proteste qu'elle ne se retirera jamais de sa présence, que ses prières n'aient été exaucées. O que l'affliction est ingénieuse pour inventer ce qui peut soulager nos maux ! et qu'elle nous donne de forces, lors même qu'elle semble nous abattre ! Cette pieuse dame, à qui la douleur avoit ôté un peu auparavant la parole, et rendüe immobile a maintenant assés de force pour passer tout le jour et encore la nuit suivante dans des prières continüelles pour trouver par ce moien l'unique consolation dans son mal'heur. En effet, ce fut par là qu'elle fut pleinement consolée parce que cette divine Mère de miséricorde ne pouvant plus resister à une foy si vive et à une confiance si inébranlable, luy accorda ce qu'elle demandoit. Car le lendemain, seize du mois, dans le temps qu'elle faisoit offrir pour sa fille le saint sacrifice de la Messe, le sieur baron de Crestes son mari qui étoit accourü à Vassivière sur la nouvelle qu'il avoit reçüe de l'accident funeste qui y étoit arrivé, vit avec une infinité de personnes qui étoient dans ce logis, où étoit le corps de sa fille mort depuis vingt-quatre heures, que ce même corps commençoit à se réchauffer peu à peu, que la bouche s'ouvroit, et qu'il en sortoit quelques paroles entrecoupées ; enfin une multitude de personnes qui alloient et qui venoient incessamment dans ce logis, virent de leurs yeux un Miracle le plus évident et le plus incontestable qui fut et qui sera jamais ; cette Demoizelle qui avoit demeuré tout cet espace de tems véritablement morte, véritablement vivante ; penséz maintenant quels furent les sentiments de joye, les marques d'amour et de reconnoissance, les actions de grâce que rendit à Dieu et à sa très-pure

Arrivée d'une procession   (Cl. Abbé BATTEUX).

Mère, non seulement cette illustre famille qui avoit reçü une faveur si extr-ôrdinaire ; mais encore cette quantité de personnes de tout sexe et de tout âge, dont même plusieurs avoient resté pour être témoins oculaires du succès des vœux et des prières de cette pieuse dame. On n'entendoit dans la Chapelle et sur la Sainte Montagne de Vassivière, que des cris de joye et d'admiration, que des cantiques de loüanges, que des actions de grâce, à Dieu et à la Sacrée Vierge : on ne pouvoit se taire n'y se lasser de raconter cet œuvre admirable, qui étoit une preuve si évidente de la présence spéciale de MARIE au Saint lieu de Vassivière. On dressa les actes dont nous avons parlé pour en conserver la Mémoire à la postérité, qui furent signés seulement de quelques témoins oculaires les plus qualifiés, comme on pourra voir dans les originaux qu'on conserve dans les Archives des Eglises de Besse et de Vassivière.

Le miracle dont nous venons de parler porta si loin la réputation de la Sainte Chapelle de Vassivière, et donna tant de confiance non seulement à ceux qui en étoient les plus proches, mais encore aux plus éloignés, que tout le monde y avoit recours dans les nécessités les plus pressantes, et les peuples se persuadoient facilement qu'ils n'avoient qu'à invoquer le nom de Notre-Dame de Vassivière, pour obtenir de Dieu tout ce qu'ils demandoient : cela se verra évidemment dans cette seconde ressuscitation dont nous allons parler : elle arriva un mardy 12 de mars de l'année 1624, en cette sorte.

XLI. — *Une petite fille neyée est miraculeusement sauvée.*

Il arriva le 23 juin de l'année 1624, que deux sœurs bessonnes, âgées de cinq ans, filles à noble Jean de Saint-Pardoux, écuyer et seigneur dudit lieu et autres places, et de damé Marie de Chavaniat, allant à la promenade vers un moulin, accompagnées d'une servante, et passant sur une planche, l'aînée appelée Magdelaine de Saint-Pardoux, tomba dans la rivière, qui, se trouvant pour lors fort débordée, l'entraîna quasi dans un moment dans le trou de la chaussée, et de là, le long du canal du moulin jusques à la roüe, où l'eau étant de la hauteur de trois hommes, elle s'y enfonça sans qu'on la vit plus paroître. La servante, toute éperdue de cet accident, demeura comme immobile, et fut si interdite qu'elle ne pensa ny à demander, ny à procurer aucun secours à cette petite demoizelle ; mais sa sœur, ou plus avisée, ou moins surprise que la servante, courut vers le moulin pour avertir quelqu'un que sa sœur étoit tombée dans l'eau ; une femme sortit dans le moment, et commença à crier à haute voix que Mademoizelle de Saint-Pardoux s'étoit neyée, qu'on vint au secours. Madame de Saint-Pardoux, la mère oyant cela, fit une action véritablement chrétienne ; car se confiant bien plus en la miséricorde de Dieu et aux mérites de sa très-pure Mère qu'à aucun secours humain, elle courut plutôt à son

Oratoire qu'au lieu où sa fille s'était neyée, où se mettant à genoux elle fit cette courte mais très-fervente prière : Jésus, Sauveur du monde, secourés ma fille : Vierge Sainte, ne la laissés pas périr ! Je fais dès ce moment une promesse solennelle que s'il vous plaît de la délivrer de ce péril évident, je la meneray moi même au saint lieu de Vassivière pour y rendre de très-humbles graces d'une faveur si extr-ôrdinaire ; elle sortit en-suite de sa chambre avec un extrême désir de voir sa fille ou vive ou morte, et étant arrivée à ce moulin, elle commanda à ses domestiques et à cinq ou six autres hommes d'entrer dans l'eau pour tirer le corps de sa fille, mais l'eau étant fort profonde à cet endroit, comme nous l'avons déjà remarqué, il ne leur fut pas possible de le trouver, jusques à ce qu'un de ses domestiques, nommé Michel Sabattier (qui y étoit accouru d'un lieu distant de cinq cents pas de ce moulin) se hazardat d'aller chercher cette petite jusques au fond de l'eau, où l'ayant trouvée et prise par la robbe, l'en retira, mais non pas sans danger de se neyer soi-même. On n'eût pas le temps d'examiner si elle était vive ou morte, parce que dans le moment que cet homme la montra à sa mère, on luy entendit prononcer distinctement ces paroles : Je ne veux pas encore mourir. Cette pieuse dame, transportée de joye, publioit avec des sentiments d'une re connoissance extr-ôrdinaire la grace qu'elle avoit reçue ensuite du Vœu qu'elle avoit fait à la Sainte Chapelle de Vassivière : tous les assistans pareillement ravis à la vüe d'une chose si surprenante, donnoient mille louanges à Dieu et à la très-glorieuse Vierge ; et c'étoit en effet, un sujet bien digne d'admiration ; car si on examine toutes les circonstances de ce fait, et particulièrement le temps que cette petite demoizelle demeura enfoncée dans l'eau, qui fut en tout de plus d'une heure, on ne sçauroit nier que ce fut l'effet d'une puissance surnaturelle ou qui la conserva en vie en un endroit où elle la devoit infailliblement perdre, ou qui la ressuscita après l'avoir véritablement perdue. L'acte juridique, qui fait foy de ce grand Miracle, fut reçu par un Notaire, et attesté par tous ceux qui en avoient été les témoins oculaires. Il est du premier de septembre de la même année 1624, auquel tems ladite Dame de Saint-Pardoux vint en la Sainte Chapelle de Vassivière, avec Mademoizelle sa fille, rendre son vœu et attester de nouveau la vérité de ce Miracle.

XLV. — *Un enfant muët de naissance recouvre la parole.*

François Brudeines, agé de six à sept ans, du village de
l'Alay, paroisse de Saint-Babel, reçut encore au Saint Lieu
de Vassivière, une grace fort considerable. Il étoit parvenu
à cet âge sans jamais avoir prononcé une seule parole, ce qui
fit croire au père et à la mère de cet enfant qu'il demeureroit
muët le reste de sa vie ; et il y en avoit même toutes les apparences. Dans cette affliction qui leur étoit extremement
sensible, ils furent conseillés par le sieur Boyer, curé du
même lieu de Saint-Babel, d'avoir recours à Notre-Dame de
Vassivière, et d'y amener leur enfant ; que peut-être il y
recevroit là même grace que tant d'autres y avoient reçüe. Ils
obeïrent sans différer, et allèrent avec luy en pelerinage à la
Sainte Montagne de Vassivière : ils firent leurs dévotions dans
la grande Chapelle, et descendirent selon la coutume, au petit
oratoire où est la fontaine : dès le moment qu'ils y furent arrivés, cet enfant, se tournant vers l'image de la Vierge qui est
dans la niche, prononça ces paroles : *Papa, la petite !* Ravis
d'admiration, ils donnèrent l'un et l'autre mille temoignages
de leur reconnaissance, publiant partout les grandeurs de la
Vierge, et avec une joye d'autant plus grande, que leur enfant eut de là en avant l'usage de la langue aussi libre et la
parole aussi articulée que jamais quelqu'un ait eu. Le même
François Brudeines fort reconnoissant d'une faveur si extr-
ôrdinaire, voulut quelques années après qu'il l'eût reçüe, en
faire une déclaration dans toutes les formes, qui fut signée
du sieur Boyer, curé de Saint-Babel, et de quelques autres
qui l'attestèrent comme témoins oculaires. Elle est du 8 septembre de l'année 1628.

LII. — *Un enfant paralitique ayant perdu l'usage de ses sens est miraculeusement guéri en la Sainte Chapelle de Vas-sivière.*

Un enfant de la ville de Besse étoit attaqué de maux si
violents qu'un grand nombre de personnes ne pouvoient pas
comprendre comment il pouvoit vivre. Mais certains, plus
avisés, jugerent par la suite que Dieu ne l'avoit conservé si
longtems dans cet état que pour manifester plus glorieuse-

ment la presence speciale de sa Divine Mère sur la Sainte
Montagne de Vassivière : la guerison miraculeuse de ce jeune
enfant en fut une preuve. Il se nommoit Jean Bapt, fils à
Blaize, meunier des Moulins de la ville de Besse, et à Michelle
Maubert. Au commencement du mois de septembre de l'année
1632, il fut attaqué d'une apoplexie qui le priva tout à coup
de l'usage de ses sens ; car il perdit la vüe, l'ouïe, la parole,
et pour comble de tant de maux, une paralisie universelle
le rendit perclus de tous les membres de son corps. L'une
et l'autre de ces maladies le réduisirent à de telles extre-
mités, que par trois diverses fois on desespera entierement
de sa vie, et on n'attendoit que le moment qu'il dût expirer :
ce qui est de plus surprenant, c'est que l'espace de 24 jours,
il demeura quasi sans boire et sans manger, et tout le tems
de sa maladie qui fut de neuf mois et huit jours, on étoit
contraint de luy faire prendre par intervalle quelque legere
nourriture avec un tuiau, et encore en si petite quantité, que
c'étoit un Miracle, de ce qu'il pouvoit vivre. Le sieur Clavelier, très savant Medecin, et dont nous avons parlé ailleurs,
le traita selon toutes les règles de la Medecine, n'oubliant
rien de ce qui pouvoit guerir ou soulager ce pauvre affligé ;
mais tous les remedes les plus forts se trouverent trop fai-
bles, pour arreter tant de maux si violens et si opiniâtres ; cela
donnoit une affliction extreme au père et à la mère de ce
jeune enfant, qui ne pouvoient voir ce triste spectacle et cet
objet veritablement digne de leur compassion, sans verser
des larmes. Mais cette affliction même leur fit lever les yeux
et le cœur vers la Sainte Montagne de Vassivière, d'où ils
pouvoient attendre toute sorte de consolation, et leur donna
le mouvement de faire un vœu à Dieu, pour obtenir par l'intercession de sa très sainte Mère, la guerison de leur fils.
Ils le porterent en ce saint Lieu le mardy de la Pentecôte,
ils y firent celebrer des Messes, et implorerent avec larmes,
le secours de celle que toute l'Eglise regarde comme l'unique
refuge des miserables : et ils le firent avec tant de foy et de
confiance qu'ils meriterent de voir (par une merveille rare
et extr-ôrdinaire) celuy qui avoit demeuré l'espace de neuf
mois et huit jours dans l'état pitoyable que je l'ay représenté,
si parfaitement gueri, qu'il sembloit n'avoir pas été malade ;
car ce fut le même jour qu'on l'avoit porté en la Sainte Chapelle de Vassivière, qu'il y recouvra la vûe, l'ouïe, la parole,
l'usage des sens, et pour comble de faveur fut entierement

gueri de cette paralisie universelle, qui l'avoit rendu perclus en tous les membres de son corps. Ce miracle qui se fit à la vue de tant de personnes qui etoient ce jour en devotion à Vassivière, fit d'autant d'éclat, que ce fut un des sujets qui obligea l'Illustrissime Evêque de Clermont de deputer les sieurs Jean Belot, promoteur du Dioceze et Claude Peyronnin, Docteur en Théologie pour proceder, en qualité de commissaires, à la Verification des Miracles qui se faisoient en cette Sainte Chapelle, et ils firent de celuy-ci une enquête si juridique, que les plus incredules en matiere de Miracle en doivent être convaincus. Le sieur Clavelier luy-même, qui avoit été témoin (aussi bien qu'une partie des habitants de la ville de Besse) de la maladie de ce jeune enfant, et qui le fut ansuite de sa miraculeuse guerison, en dressa une attestation signée de sa main, et de quelques autres personnes dignes de foy ; elle est datée du dernier de mars de l'année 1635. Les autres actes sont aussi de la même année, mais l'Enquête des Commissaires deputez est seulement de l'année 1641, comme nous l'avons dit ailleurs.

LVII. — *Une fille percluse d'un bras et d'une main est miraculeusement guerie au lieu de Vasssivière.*

Il y a des choses qu'on pourroit quelquefois, sans passer pour deraisonnable, se dispenser de croire, bien qu'elles soient veritables, mais il y en a d'autres qui ont des preuves si invincibles de leur evidence, qu'on passeroît pour ridicule, et même pour peu sensé dans la société des hommes, de vouloir les revoquer en doute. Je mets dans ce rang le miracle que je vay rapporter, non seulement à raison de l'enquête juridique et des informations qui en furent faites par le promoteur du dioceze et quelques autres Docteurs en théologie, deputez par l'Illustrissime Evêque de Clermont, comme nous avons dit ailleurs, mais parce qu'il a eu pour temoins toute une ville dont le temoignage doit être moins suspect et moins sujet au doute que celuy de quelques particuliers.

Cette enquête et ces informations, faites par les sieurs Belot, promoteur, et Peyronnin, docteur en théologie, sont du 14 juillet de l'année 1641, mais la guerison miraculeuse dont nous allons parler, arriva le propre jour de la fête de la Pentecôte de l'année 1638, en faveur d'une fille dévote de la ville de Besse, nommée Marguerite Chanet, agée pour lors de 24 à 25 ans. A l'age de sept ans, cette fille fut affligée d'une paralisie, qui la rendit entierement percluse du bras et de la main droite, sans qu'elle pût s'en servir en aucune façon. Ce bras, ne recevant dans la suite aucune nourriture, devint si sec et si grêle, qu'il n'étoit pas plus gros qu'un fuseau. Les nerfs se raccourcirent, la main se serra, les doigts se plièrent si fort, que l'ongle du pouce entroit bien avant dans la paume de la main et y avoit déjà fait une playe fort grande et très difficile à guerir. Le père et la mère de cette jeune fille firent generalement tout ce qu'ils purent, pour luy procurer quelque soulagement. Ils ne se lasserent jamais, quelque opiniâtre et quelque difficile que fut son mal : il n'y eût point de remede qu'on n'éprouvât l'espace de trois ans entiers, pour tenter sa guerison, mais ils furent tous inutiles, puisqu'au lieu de guerir, on voioit manifestement que le mal augmentoit, jusques-là que pour empecher que l'ongle du pouce ne perçât entierement la paume de la main, un Chirurgien crut qu'il étoit necessaire d'user de force pour luy étendre les doigts ; mais au lieu de les étendre, les lui rompit, ce qui augmenta son mal. Aiant donc perdu toute esperance de pouvoir guerir par les remedes humains, on cessa de lui en faire : ainsi elle demeura percluse près de dix-sept ans, ressentant assés souvent de très cruelles douleurs. Une nuit, cette bonne fille étant éveillée d'un profond sommeil, et faisant reflexion sur le miserable état où elle étoit depuis si longtems, elle se sentit tout à coup inspirée de faire un vœu à Dieu, d'aller visiter la Sainte Chapelle de Vassivière, et d'y demeurer l'espace de neuf jours, dans le jeûne et dans la prière pour implorer la puissante intercession de la très glorieuse Vierge.

Elle fit ce vœu, et s'étant mise en chemin pour l'accomplir, elle sentoit qu'à proportion qu'elle approchoit de la Sainte Montagne, les douleurs de son bras et de sa main (qui luy étoient auparavant insupportables) se diminuerent. Enfin le premier jour qu'elle commença sa neuvaine à Notre-Dame de Vassivière, qui étoit le propre jour de la Pentecôte, à peine fut-elle prosternée devant la petite image qui est dans l'Oratoire où est la Fontaine, qu'il luy sembla que quelqu'un luy adoucissoit les nerfs, qu'on luy tiroit le bras et la main : et dans le même instant, par un miracle le plus evident et le plus incontestable qui fut jamais, la main se dénoua, les doigts s'etendirent, le bras reprit sa premiere force, et cette fille qui avoit demeuré l'espace de dix-sept ans si cruellement affligée, se trouva en-suite si parfaitement guerie, qu'elle commença à se servir fort librement du bras et de la main, et s'en est toujours servie sans incommodité. Lorsqu'elle reçut cette insigne faveur, la joye et l'étonnement la surprirent si fort, qu'elle ne put s'empecher de faire connoître à ceux qui étoient auprès d'elle, par ses paroles, ses mouvements et ses larmes, le Miracle que la Vierge sacrée avoit fait en sa faveur. La meilleure partie des habitans de la ville de Besse, qui l'avoient vüe si longtemps dans l'état de son infirmité, la voiant pleinement guerie, furent autant de temoins du miracle que Dieu avoit fait en sa personne par les puissantes intercessions de la très glorieuse Vierge : les Commissaires deputez reçurent le serment de plusieurs, qui assurerent l'avoir vû de leurs propres yeux.

LXV. — M. Seugier, châtelain de Besse, gueri par l'intercession de la Vierge.

L'année 1650, au mois d'avril, Me Antoine Seugier, Docteur ez-droits, Juge Châtelain de la ville de Besse (et pour lors premier secretaire de Monsieur le Duc d'Arpajoux, Lieutenant general ez Armées du Roy) revenant de la ville de Tolose avec ledit Seigneur, et se trouvant dans un chemin fort étroit, son cheval s'abatit tout-d'un-coup : et par un accident surprenant, sa jambe gauche se trouvant serrée entre le cheval et un gros rocher, fut tellement brizée, qu'aiant été conduit avec beaucoup de peine au Château de Castelnau, on fut contraint de couper la botte, les bas, les haut de chausses, et même les calçons qui se trouverent tous plains de sang, à cause que les os s'etant brizés, avoient aussi percé la jambe en plusieurs endroits. Le Chirurgien de Monsieur le Duc d'Arpajoux, des plus experts dans sa profession, trouva que le mal étoit si grand, qu'il le crût d'abord incurable, et avoüa fort sincerement que le sieur Seugier étoit dans un aussi grand danger de perdre la vie que de perdre la jambe, car il croioit qu'il la luy faudroit necessairement couper ou du moins faire des incisions très dangereuses, pour en faire sortir le sang corrompu, et les esquilles des os ; qu'il se serviroit cependant de tous les moiens que l'art et l'experience luy pourroient fournir : il se mit donc en état de commencer l'une ou l'autre de ces opérations, et de sortir tous les fers et instrumens necessaires pour les faire. Il étoit bien difficile que le sieur Seugier n'entrât dans de mortelles craintes à la vüe d'un si cruel appareil : mais dans le même temps, il se sentit inspiré d'avoir recours à cette Vierge, qui aiant reçu de Jésus Christ

S. G. Mgr Belmont

son Fils, un pouvoir absolu sur la nature, pourroit luy donner la santé independamment de toutes ses Loix ; et comme le desir d'une chose nous en fait naître l'esperance, que l'esperance nous excite à la prière et la prière attire les graces et les faveurs du Ciel : ce fut aussi avec beaucoup de ferveur et de confiance qu'il pria cette divine Mère des affligés, de vouloir le secourir dans un état où il devoit tout apprehender des remedes des hommes et presque rien esperer de leur

secours : et sçachant que la Sainte Montagne de Vassivière étoit le lieu qu'elle avoit choisi pour y recevoir les
Vœux de tous les affligez, et y remedier à toutes leurs peines :
il ajouta aussi à sa prière la promesse d'y faire celebrer une
neûvaine de Messes, d'y donner une jambe de cire, et d'aller
rendre luy même de très humbles actions de graces pour celle
qu'il esperoit recevoir par sa puissante intercession. A peine
avoit-il achevé sa prière et formé son Vœu, qu'il vit entrer un
page du Seigneur Duc, qui vint de sa part dire au Chirurgien de ne faire aucune incision sur Monsieur le Secrétaire,
parce que tout étant à craindre, il vouloit faire consulter ce
qu'il y avoit à faire, et qu'il se contentât, en attendant, de
faire le premier appareil. Cette resolution prise, on porta
le malade sur un branquart jusques à Severat, ville du Roüer-
gue, appartenante audit Seigneur d'Arpajoux, où aiant fait
assembler quelques chirurgiens des plus habiles, ils prirent
la resolution de commencer l'operation par des incisions ; un
païsant s'opposa à leur dessein, disant : Qu'il n'en falloit
pas ; et quoy que son opinion fut rejettée de tous, le sieur
Seugier se confiant bien plus au pouvoir de celle qu'il avoit
invoqué qu'au secours de la Medecine, et qu'à la main des
Chirurgiens, ne voulut pas permettre qu'ils le traitassent, et
se contenta que ce païsant luy mit seulement quelques emplâ-
tres, qui selon toutes les apparences n'avoient pas assés de
vertu pour guerir un si grand mal ; mais une main invisible
suplea à la foiblesse des remedes, puisque la jambe du malade se consolida si bien, et en si peu de tems, qu'il se trouva
en état de pouvoir marcher ; mais ce qui fut de plus admirable,
et qui doit pleinement convaincre le Lecteur que cette guerison fut evidamment miraculeuse, c'est que les os de la jambe
qui avoient été brisés, demeurant toujours posés les uns sur
les autres, de l'épaisseur de deux doigts, le sieur Seugier ne
laissa pas de marcher le reste de ses jours, aussi librement et
sans boëter, comme si jamais il n'eût eu de mal. Aussi pour
dôner des preuves de sa reconnoissance et du souvenir qu'il
avoit de la grace qu'il avoit reçüe de la libéralité de la Mère
de Dieu, il accomplit non seulement son vœu avec beaucoup
de fidelité, mais il voulut même que les bâtons dont il s'étoit
servi quelques jours après sa chûte, fussent attachés à la muraille de la Chapelle de Vassivière, où ils ont demeuré assés
long-tems.

Ce que je viens de rapporter est tiré d'une ample déclaration que fit le sieur Seugier, selon les formes quelques années après sa residence dans la ville de Besse dont il étoit natif. Elle est conservée dans les Archives de Vassivière.

LXXXII. — *Miracle d'un enfant âgé de dix ans, retiré de dessous la roüe d'un moulin sans aucun signe de vie et rendu à la vie et à la santé.*

L'acte que m'a envoié Monsieur Babut Prêtre (dont le zèle pour la Sainte Chapelle de Vassivière s'est rendu si recommandable depuis longtems) fait foy d'un miracle très-célèbre arrivé depuis peu en la ville d'Ardes. En voici à peu près les circonstances.

Un jeune enfant âgé de dix ans, nommé Etienne Moranges, en se joüant, ou autrement, tomba dans l'eau du beal du moulin, qui est au dessoûs de l'Eglise de la même ville d'Ardes : et comme l'eau êtoit extrêmement rapide, elle l'en traîna jusques au dessoûs de la roüe de ce même moulin, où étant, la violence de l'eau le poussa si fort, et le serra si étroitement entre le canal de bois et la roüe de ce moulin, que dix personnes qui se trouverent presentes, et qui accoururent pour le secourir dans ce danger, firent mille efforts pour l'en retirer, sans en pouvoir venir à bout ; car la rapidité et le courant de l'eau l'avoient tellement engagé, et si fort pressé sous cette roüe, qu'il ne leur fut jamais possible de l'arracher. Toutes ces personnes éperduës de voir mourir ce jeune enfant à leurs yeux, et de le voir mourir d'une mort si cruelle, sans que leurs soins et leurs empressemens luy pûssent servir, s'adresserent à nôtre Dame de Vassivière, esperant que celle qui est le refuge ordinaire des miserables, et des abandonnez, leur suggereroit quelque moyen de pouvoir secourir celui-ci. Plusieurs, même d'entre ces personnes, solliciterent fortement Etienne Morin, ayeul de cet enfant, de faire vœu pour luy à la Sainte Chapelle de Vassivière, ce qu'il fit d'abord avec une foy très vive et avec beaucoup de ferveur ; et dès ce moment on tira facilement de dessoûs la roüe celuy qu'on n'avoit pû arracher un peu auparavant à force de bras. Cependant on le trouva si rompu et si brizé, et d'ailleurs tellement privé de toutes les marques de la vie : sans parole, sans sentiment, et sans mouvement, qu'on jugea qu'il étoit effectivement mort ; et difficilement la chose pouvoit-elle être autrement, vû le tems qu'il avoit demeuré sous l'eau, et encore pressé et serré de la maniere extr-ôrdinaire que nous avons dit. Mais cette digne Mère de misericorde voulut accorder aux vœux et aux prières de toutes ces personnes, qui luy demandoient instamment la vie de cet enfant, la grace entière : car quelque momens après qu'on l'eut tiré de l'endroit que nous avons marqué, il reprit la respiration, commença à se remüer, parût en vie, et dans peu de tems dans une entière et parfaite santé. Ce fait est attesté par une procedure très-juridique et très-exacte : Juilhard notaire et tabellion royal, reçût la déclaration autentique que firent deux RR. Peres Recollets du couvent d'Ardes, avec Mᵉ Antoine Borne notaire, Mademoiselle de Bussac et ses deux filles, Demoiselle Jeanne Borne et sa fille, Etienne Morin ayeul de ce jeune enfant, et sa femme, tous presens et temoins oculaires de ce miracle. Monsieur Faure, lieutenant général au duché de Mercœur, pour rendre cette declaration plus autentique, voulut l'autôriser et la confirmer par une attestation juridique et signée de sa main : elle est du Douze de Décembre 1685, et l'acte, ou la declaration, est du 26 Août de la même année, qu'on garde dans les Archives de la Communauté de Messieurs les Prêtres de Besse, et dans celles de Vassivière.

LXXXVI. — *Guérison de Mᵐᵉ Dumas.*

La supérieure des Religieuses de la Miséricorde de Besse, Mᵐᵉ Dumas, fut frappée, le 2 avril 1842, d'une attaque d'apoplexie qui paralysa complètement sa jambe gauche avec une partie du bras gauche. Au plus fort de la crise, elle perdit toute connaissance et ne revint à elle que pour avoir conscience de son malheureux état. La paralysie fut telle qu'elle ne pouvait faire quelques pas sans béquilles. Elle resta deux mois en proie à de continuelles et violentes douleurs, sans que les remèdes conseillés par d'habiles médecins pussent la soulager. A la fin de mai, elle éprouva une seconde attaque qui acheva de paralyser le bras gauche, et rendit impossible l'usage des béquilles. Elle fut, de plus, saisie d'une fièvre opiniâtre, et affligée d'une surdité complète. Tant d'épreuves avaient altéré ses forces, et sa santé inspirait de sérieuses inquiétudes. Les Sœurs de la Communauté, alarmées sur le sort de leur supérieure, font dire une neuvaine de messes devant l'Image de N.-D. de Vassivière. Pendant la neuvaine, la pieuse malade conçoit le dessein d'aller, le 2 juillet, à Vassivière. Sur ses instances réitérées, on se prête à ses désirs, et, le jour venu, on la fait transporter sur la montagne. Des douleurs inouïes l'avaient jetée dans une défaillance extrême. Au moment où son état excitait les plus vives alarmes, on annonce l'arrivée de la procession. Faisant un suprême effort pour ranimer le peu de forces que son infirmité lui a laissées, Mme Dumas demande à être portée sur le rocher qui domine l'oratoire où se trouve la fontaine. On fait ce qu'elle désire. La procession venait d'arriver et on récitait les prières d'usage. La malade se prosterne devant l'Image miraculeuse, conjure Marie de jeter sur elle un regard de compassion, et l'invoque comme le salut des infirmes et la consolatrice des affligés. A peine a-t-elle achevé cette courte prière qu'elle se sent parfaitement guérie. Ses membres, qui étaient depuis trois mois sans mouvement et sans vie, recouvrent leur vigueur et leur souplesse. Les douleurs intolérables qu'elle ressentait au côté gauche depuis son attaque d'apoplexie, et qui lui permettaient à peine de respirer, disparaissent d'une manière soudaine et complète. « Je suis guérie », dit-elle aussitôt à une des Sœurs qui se trouvaient près d'elle. « S'il est vrai, répondit la Sœur, que vous soyez guérie, levez-vous et marchez. » A ces mots, la supérieure prend ses béquilles et descend d'un pas ferme par le chemin assez difficile qui sépare les deux chapelles.

L'admiration et l'enthousiasme furent unanimes. Des transports de joie éclatèrent dans la foule ; tous rendaient grâces à Marie d'une guérison qui avait les signes d'une véritable résurrection. La supérieure, frappée du miracle plus que les autres, se mit elle-même en marche avec la procession, se tenant devant l'Image de la Sainte Vierge comme un trophée de sa miséricorde. Dès qu'on fut arrivé à la chapelle, elle déposa ses béquilles. Dès ce moment, ses forces furent si bien rétablies, que, sans éprouver la moindre fatigue, elle suivit à pied la procession revenant ce jour de Vassivière à Besse.

Arrivé à l'église, M. Floret, curé de Besse, monta en chaire et raconta le miracle qui venait de s'opérer. Un procès-verbal en fut dressé. Sept ecclésiastiques, neuf religieuses, et plus de vingt laïques, tous témoins dignes de foi, le signèrent, donnant ainsi à ce fait le caractère de la plus grande authenticité (1).

CV. — *Guérison de Mademoiselle Margnat, de Montaigut-le-Blanc.*

Le 13 novembre de l'année 1881, Mademoiselle Margnat, fille d'Eugène Margnat et de Marie Terrasse, de Montaigut-le-Blanc, âgée de trois ans, étant entièrement paralysée, ses parents firent vœu à N.-D. de Vassivière de donner pour sa chapelle une quantité de cire égale au poids de la malade, si la Sainte Vierge lui rendait la santé. A peine ce vœu fut-il fait que leur enfant fut miraculeusement et complètement guérie. Cinq ans plus tard, le 18 novembre 1886, Mademoiselle Margnat fut atteinte d'une fièvre typhoïde qui ne laissait aucun espoir aux médecins. Ses parents eurent de nouveau recours à N.-D. de Vassivière. Ils firent vœu de faire célébrer une neuvaine de messes et de donner une quantité de cire égale au poids de la malade, si elle recouvrait la santé. Ce vœu fut suivi d'une amélioration sensible et en peu de temps la malade recouvrait une complète santé. Après chacune de ces guérisons M. et Madame Margnat sont venus avec leur fille à Vassivière, pour témoigner leur reconnaissance à Marie et s'acquitter de leurs engagements (2).

Depuis 1884, il s'est produit bien d'autres faits dignes de remarque, comme le prouvent, et les ex-votos, offerts chaque année à Besse ou à Vassivière, et les nombreuses demandes de prières en remerciements pour les grâces reçues. Mais, soit que les gens ne tiennent pas à ébruiter le genre de maladie, dont ils ont été guéris, soit négligence, le plus souvent, ils ne donnent pas de détails sur les faveurs obtenues, quoiqu'ils aient la conviction profonde de les devoir à l'intercession de Notre-Dame de Vassivière.

Nous sommes obligés de leur déclarer qu'ils manquent à un double devoir : premièrement, envers la Très-Sainte Vierge, en ne donnant pas plus expressément les détails de son intervention ; secondement, envers les autres fidèles, car,

---

(1) Archives de l'Eglise de Besse.
(2(Archives de l'Eglise de Besse.

la manifestation de la puissance de Notre-Dame de Vassivière augmenterait sûrement leur foi et leur dévotion.

Que, désormais, chacun se fasse un devoir de signaler les
maladies guéries, les médecins qui les ont soignées, les personnes qui en ont été témoins, et que tous ces détails soient
exposés aux prêtres de Besse-Vassivière.

N.-B. — *Nous insistons pour que les Ex-votos en marbre
aient tous 0,35 de large, sur 0,25 de haut, et 0,01 d'épaisseur. M. le curé de Besse les fait établir à 4 francs l'un, et
0 fr. 20 la lettre.*

NEUVAINE DU PÈLERIN A VASSIVIÈRE

Tout à Jésus par Marie.
Tout à Marie par Jésus.

PRIÈRE

à réciter tous les jours de la Neuvaine

Je vous salue, Reine de la montagne, aimable et puissante protectrice, Notre-Dame de Vassivière ! Guidé par la plus vive confiance, je viens solliciter de votre cœur de mère, si tendre et si généreux, le secours que vous n'avez jamais refusé à ceux de vos enfants qui vous ont invoquée dans ce béni sanctuaire. Serais-je donc le seul de qui vous refuseriez de secourir la misère ? Oh ! non, il ne sera pas dit qu'un de vos enfants quittera votre autel sans avoir vu tarir ses larmes et satisfaire ses désirs. Daignez donc, ô Marie, m'obtenir les grâces qui me sont nécessaires, et en particulier celle que je sollicite pendant cette Neuvaine. Obtenez-moi de plus celle de vous aimer sans mesure sur la terre, afin de vous bénir et de vous louer à jamais dans le ciel. Ainsi soit-il.

PREMIER JOUR

MARIE est l'Etoile qui me conduit.

Le Pèlerin. — O Marie ! ô ma mère ! voyez, je veux aller à Dieu, je veux retourner à mon Père. Mais, dans cette terre d'exil où tout m'aveugle, me séduit et me trompe, qui me montrera la voie que je dois suivre ?

Marie, soyez mon étoile !

Marie. — Mon enfant, si tu veux aller à Jésus, prends courage, arme-toi de la croix..... La voie te paraîtra peut-être difficile, mais tu n'y marcheras point seul, j'y serai avec toi pour compter tes pas, et te relever de tes chutes.

Prière : *Souvenez-vous.....*

DEUXIÈME JOUR

MARIE est la Bonté qui m'attire.

LE PÈLERIN. — Ma bonne mère, me voici dans la route où m'a conduit votre douce lumière ; mais à la vue des souffrances et des combats, je sens mon cœur défaillir, et déjà que de chutes !.... Sans vous que deviendrai-je ? Si vous ne me tendez la main, je succombe !....

MARIE. — Mon enfant, pourquoi te laisser ainsi aller à l'abattement ! Que crains-tu ? Ne sais-tu pas ce qu'est le cœur d'une mère, et peux-tu douter du mien, enfant de ma douleur !....

Prière : Trois fois : *O Marie, conçue sans péché...*

TROISIÈME JOUR

MARIE est la Miséricorde qui m'attend.

LE PÈLERIN. — Hélas ! ma bonne Mère, je n'ose lever vers vous mes yeux remplis de larmes ; j'ai été si ingrat, si souvent infidèle ! Voudrez-vous bien encore avoir pitié de moi ? Voyez couler mes larmes et se briser mon cœur.... Un pardon, Mère, pour votre enfant !...

MARIE. — Mon enfant, je suis la Mère de miséricorde : si mon fils s'est réservé la justice, il m'a donné tout pouvoir pour le désarmer. Viens donc avec confiance, j'accepte tes regrets ; tes larmes adoucissent celles que tu m'as fait verser. Viens, Jésus te pardonne !....

PRIÈRE. : *Litanies de la sainte Vierge.*

QUATRIÈME JOUR

MARIE est la clé qui m'ouvre le cœur de Jésus.

LE PÈLERIN. — Ma bonne Mère, ma reconnaissance pour un si généreux pardon ne m'impose-t-elle pas l'obligation d'un amour sans bornes et pour Jésus qui me l'a accordé, et pour vous qui me l'avez obtenu ? Apprenez-moi donc à aimer, et je persévérerai !

MARIE. — Mon enfant, suis-moi ; entrons, par cette large blessure que l'amour y a faite, dans le cœur de Jésus. Là, tu apprendras comment et à quel prix Jésus t'a aimé, et comment il veut que tu l'aimes. Et si tu veux lui plaire, cherche à l'imiter.

PRIÈRE : *Les actes de Foi, d'Espérance et de Charité.*

CINQUIÈME JOUR

MARIE est la Voix qui m'instruit.

LE PÈLERIN. — O ma Mère, comment pourrais-je prétendre imiter Jésus, lui qui réunit en son cœur toutes les perfections de la divinité ? Vous seule, ô le chef-d'œuvre de la sainteté, avez pu vous élever à cette hauteur. Daignez donc encore m'instruire, ma bonne Mère.

MARIE. — Mon enfant, Jésus ne s'est fait Jésus que pour te servir de modèle et t'apprendre à arriver sur ses pas jusqu'au ciel. Suis-le avec moi, du ciel dans la crèche, de la crèche sur la croix ; écoute ses divines leçons, il t'apprendra que l'humilité est le premier trait de ressemblance avec lui.

PRIÈRE : Trois *Ave, Maria.*

SIXIÈME JOUR

MARIE est la Chaîne qui me lie à Jésus.

LE PÈLERIN. — O ma mère, qu'il est doux d'habiter avec vous dans le cœur de Jésus ! Introduit par vous dans cette demeure sacrée, je n'en veux jamais sortir. Veuillez m'y garder, ô ma Mère ! Est-il pour moi de trop grands sacrifices pour mériter cette faveur !...

MARIE. — Mon enfant ! aie confiance ! ce qu'une Mère garde est bien gardé. Est-il pour moi plus doux office que d'incliner mon Fils jusqu'à toi, et de t'élever jusqu'à lui! Sois donc toujours à moi, et tu seras toujours à Jésus.

PRIÈRE : *Souvenez-vous.*

SEPTIÈME JOUR

MARIE est l'Amie qui m'écoute.

LE PÈLERIN. — O Marie, que ne me donne point à espérer ce nouveau titre que vous voulez bien prendre à mon égard! J'oserais donc vous le donner, puisque vous m'y invitez. Mais rendez-le efficace, en me désabusant des trompeuses jouissances de la terre.

MARIE. — Mon enfant, la véritable amitié tend à la communication des secrets et des biens ; viens donc à moi, je t'ouvrirai mes trésors : je porte mon Fils en mes bras pour le déposer dans ton cœur. Viens, je n'aurai rien de caché pour toi ; mais je veux être aussi ta confidente : dis-moi tout, je te promets fidélité ; demande-moi tout, je suis prête à t'exaucer !...

PRIÈRE : *Une dizaine du chapelet.*

HUITIÈME JOUR

MARIE est le Cœur qui me comprend.

LE PÈLERIN. — O Mère, que l'exil de la vie est triste et décourageant! Que de déceptions! que de sacrifices! Si encore je trouvais un cœur qui compatît à mes peines! Oh! que ne puis-je rester ici! je ne vous quitterais que pour vous retrouver au ciel. Qui vous a connue ici, ô ma Mère, n'a plus rien à attendre que le séjour des bienheureux.

MARIE. — Mon enfant, j'ai tout compris, tes désirs, tes regrets, tes craintes et tes chagrins. Cesse de t'affliger, je lis toujours dans ton cœur, et le mien t'accompagne toujours pour te consoler dans tes peines, te fortifier dans les difficultés. Courage! encore quelques jours de souffrance, et le soir au ciel !...

PRIÈRE : *Un Pater et un Ave, Maria.*

NEUVIÈME JOUR

MARIE est la Mère qui me chérit.

LE PÈLERIN. — O Marie, vous êtes ma Mère, et je suis votre enfant, vous m'avez adopté au pied de la croix, et reçu des mains et du cœur de Jésus. Oh! que jamais je n'oublie ce titre qui fait tout mon bonheur! Que toujours je vive dans vos bras pour mériter de mourir dans votre cœur.

MARIE. — Mon enfant, tu me fus donné au milieu de mes plus cruelles angoisses : Jésus allait mourir! Dès lors, je t'ai aimé de tout l'amour que j'avais pour mon Fils, ne veux-tu point m'aimer de tout l'amour que Jésus avait pour moi?.....

PRIÈRE : *Les litanies de la Sainte Vierge.*

CONSÉCRATION

A NOTRE-DAME DE VASSIVIÈRE

O bonne Mère, qu'ils ont été doux les jours que j'ai passés près de vous! Mon cœur a savouré la douceur de votre regard, le charme de vos paroles, la tendresse de votre cœur. Mais, hélas! ils vont finir, ces jours de bénédiction, il faut que je vous quitte, ô ma Mère! mais mon cœur restera toujours près de vous, pour écouter vos leçons, vous remercier de vos bienfaits, vous dire qu'il vous aime. En reconnaissance de toutes vos bontés, ô Marie! il n'est rien dont je ne veuille vous faire le sacrifice. Acceptez donc la donation que je vous fais de tout moi-même ; mais, surtout, recevez l'offrande de mon pauvre cœur ; gardez-le, ne me le rendez jamais, afin que si le monde ou les passions viennent le réclamer, je puisse répondre : Mon cœur n'est plus à moi, mon cœur est à Marie, il est à Vassivière.

LITANIES

DE LA SAINTE VIERGE

Kyri-e, e-lei-son. Chris-te e-lei-son.

Kyri-e, e-le-i-son. Christe, exaudi nos.

Chœur à 2 voix.

Sanc-ta Ma-ri-a. Sancta Dei Geni-trix.

Sancta Virgo Virgi-num. O-ra pro no-bis.

Kyrie, eleison.	Seigneur, ayez pitié de nous.
Christe, eleison.	Jésus-Christ, ayez pitié de nous.
Kyrie, eleison.	Seigneur, ayez pitié de nous.
Christe, audi nos.	Jésus-Christ, écoutez-nous.
Christe, exaudi nos.	Jésus-Christ, exaucez-nous.
Pater de cœlis, Deus, miserere nobis.	Père céleste, qui êtes Dieu, ayez pitié de nous.
Filii, Redemptor mundi, Deus, miserere nobis.	Fils, Rédempteur du monde, qui êtes Dieu, a. p. d. n.
Spiritus Sancte, Deus, miserere nobis.	Esprit-Saint, qui êtes Dieu, ayez pitié de nous.
Sancta Trinitas, unus Deus, miserere nobis.	Trinité Sainte, qui êtes un seul Dieu, ayez pitié de nous.
Sancta Maria, ora pro nobis.	Sainte Marie, priez pous nous.
Sancta Dei Genitrix.	Sainte Mère de Dieu,
Sancta Virgo Virginum.	Sainte Vierge des vierges,
Mater Christi.	Mère de Jésus-Christ,
Mater divinæ gratiæ.	Mère de la grâce divine,

Mater purissima,	Mère très pure,
Mater catissima,	Mère très chaste,
Mater inviolata,	Mère toujours vierge,
Mater intemerata,	Mère sans tâche,
Mater amabilis,	Mère aimable,
Mater admirabilis,	Mère admirable,
Mater Creatoris,	Mère du Créateur,
Mater Salvatoris,	Mère du Sauveur,
Virgo prudentissima.	Vierge très prudente,
Virgo veneranda.	Vierge vénérable,
Virgo prædicanda,	Vierge digne de louanges,
Virgo potens,	Vierge puissante,
Virgo clemens,	Vierge pleine de bonté,
Virgo fidelis,	Vierge fidèle,
Speculum justitiæ,	Miroir de justice,
Sedes sapientiæ,	Temple de la sagesse,
Causa nostra lætitiæ,	Cause de notre joie,
Vas spirituale,	Vaisseau spirituel,
Vas honorabile,	Vaisseau digne d'honneur,
Vas insigne devotionis.	Vaisseau rempli d'une rare dévotion,
Rosa mystica,	Rose mystérieuse,
Turris Davidica,	Tour de David,
Turris eburnea,	Tour d'ivoire,
Domus aurea,	Maison d'or,
Fœderis arca,	Arche d'alliance,
Janus cœli,	Porte du ciel,
Stella matutina,	Etoile du matin,
Salus infirmorum,	Santé des infirmes,
Refugium peccatorum,	Refuge des pécheurs,
Consolatrix afflictorum,	Consolation des affligés,
Auxilium Christianorum,	Secours des chrétiens,
Regina Angelorum,	Reine des Anges,
Regina Patriarcharum,	Reine des Patriarches,
Regina Prophetarum,	Reine des Prophètes,
Regina Apostolorum,	Reine des Apôtres,
Regina Martyrum,	Reine des Martyrs,
Regina Confessorum,	Reine des Confesseurs,
Regina Virginum,	Reine des Vierges,
Regina Sanctorum omnium,	Reine de tous les Saints,
Regina sine labe concepta.	Reine conçue sans péché.
Agnus Dei, qui tollis peccata mundi, parce nobis, Domine.	Agneau de Dieu, qui effacez les péchés du monde, pardonnez-nous, Seigneur.
Agnus Dei, qui tollis peccata mundi, exaudi nos, Domine.	Agneau de Dieu, qui effacez les péchés du monde, exaucez-nous, Seigneur.
Agnus Dei, qui tollis peccata mundi, miserere nobis.	Agneau de Dieu, qui effacez les péchés du monde, faites-nous miséricorde.
v). Ora pro nobis, sancta Dei Genitrix ;	v). Priez pour nous, sainte Mère de Dieu.

R). Ut digni efficiamur pro-missionibus Christi.

R). Afin que nous soyons ren-dus dignes des promesses de Notre-Seigneur Jésus-Christ.

ORATIO

Concede nos famulos tuos, quæsumus, Domine Deus, per-petua mentis et corporis, sani-tate gaudere, et gloriosa beatæ Mariæ semper virginis inter-cessione, a præsenti liberari tristitia, et æterna perfrui læti-tia ; per Christum Dominum nostrum.
Amen.

ORAISON

Accordez-nous, s'il vous plaît, Seigneur Dieu, à nous qui som-mes vos serviteurs, une santé perpétuelle de corps et d'esprit, et que par l'intercession de la sainte et glorieuse Vierge Ma-rie, nous soyons délivrés des afflictions présentes, et jouis-sions un jour des joies éter-nelles ; par Notre-Seigneur Jésus-Christ.
Ainsi soit-il.

LITANIES

DE NOTRE-DAME DE VASSIVIÈRE

Seigneur, ayez pitié de nous.
Jésus-Christ, ayez pitié de nous.
Seigneur, ayez pitié de nous.
Jésus-Christ, écoutez-nous.
Jésus-Christ, exaucez-nous.
Père céleste, qui êtes Dieu, ayez pitié de nous.
Dieu le Fils Rédempteur du monde, ayez pitié de nous.
Dieu le Saint-Esprit, ayez pitié de nous.
Trinité sainte, qui êtes un seul Dieu, ayez pitié de nous.
Notre-Dame de Vassivière, ayez pitié de nous.
N.-D. de Vassivière, cause de notre joie,
N.-D. de Vassivière, cause de notre espérance,
N.-D. de Vassivière, qui vous montrez dans la solitude,
N.-D. de Vassivière, invoquée chaque jour par une multitude
de pèlerins,
N.-D. de Vassivière, soutien des justes,
N.-D. de Vassivière, réconciliatrice des pécheurs,

N.-D. de Vassivière, qui guérissez les aveugles,

N.-D. de Vassivière, qui faites entendre les sourds,

N.-D. de Vassivière, qui faites parler les muets,

N.-D. de Vassivière, qui faites marcher les paralytiques,

N.-D. de Vassivière, qui rendez la santé aux malades,

N.-D. de Vassivière, qui consolez les affligés,

N.-D. de Vassivière, espoir des désespérés,

N.-D. de Vassivière, consolatrice et soutien de la veuve et de l'orphelin,

N.-D. de Vassivière, puissante protectrice de l'enfance,

N.-D. de Vassivière, qui protégez le voyageur égaré dans sa course,

N.-D. de Vassivière, qui protégez ceux qui font naufrage,

N.-D. de Vassivière, qui secourez le soldat sur le champ de bataille,

N.-D. de Vassivière, qui consolez toutes les infortunes,

N.-D. de Vassivière, qui dans les calamités publiques, étendez votre puissante protection sur les villes et les campagnes,

N.-D. de Vassivière, qui rendez la vie aux enfants morts sans baptême,

N.-D. de Vassivière, libératrice des agonisants,

N.-D. de Vassivière, libératrice des âmes dans le purgatoire,

N.-D. de Vassivière, libératrice de tous ceux qui sont en danger,

N.-D. de Vassivière, dont le culte s'accroît chaque jour,

N.-D. de Vassivière, dont les bienfaits ravissent tous vos enfants,

N.-D. de Vassivière, Reine et protectrice de nos montagnes,

N.-D. de Vassivière, qu'on n'invoque pas en vain,

Par votre puissante protection, préservez-nous de tous les maux qui nous menacent, ô N.-D. de Vassivière.

Pour la sainte Eglise persécutée, nous vous supplions, ô N.-D. de Vassivière,

Pour le vénéré successeur de Pierre, glorieusement régnant,

Pour l'épiscopat et le clergé catholique,

Pour tous les fidèles de l'Eglise catholique,

Pour que par votre intercession, vous obteniez le triomphe de l'Eglise et le salut de la France,

Pour que le démon ne puisse enchaîner l'âme de nos petits enfants, espoir de l'Eglise et de la France.

Pour tous nos parents,

Pour tous nos amis et ennemis,

Pauvres pécheurs que nous sommes, convertissez-nous, ô N.-D. de Vassivière.

Dans la solide piété, affermissez-nous, ô N.-D. de Vassivière.

Dans la pratique continuelle de toutes vertus, encouragez-nous, ô N.-D. de Vassivière.

Dans nos joies soyez avec nous, ô N.-D. de Vassivière.

Dans nos douleurs, soutenez-nous, ô N.-D. de Vassivière.

Obtenez-nous la grâce d'une sainte mort, ô N.-D. de Vassivière, nous vous en supplions.

Agneau de Dieu, qui effacez les péchés du monde, pardonnez-nous, Seigneur.

Agneau de Dieu, qui effacez les péchés du monde, exaucez-nous, Seigneur.

Agneau de Dieu, qui effacez les péchés du monde, ayez pitié de nous, Seigneur.

V). Sainte Marie, Mère de Dieu, priez pour nous.

R). Afin que nous devenions dignes des promesses de N. S. Jésus-Christ.

ORAISON

Souvenez-vous, ô Notre-Dame de Vassivière, qui, par un enchaînement de grâces, de bienfaits et de prodiges, avez montré durant tant de siècles, combien il vous est agréable d'être honorée et invoquée sur la sainte montagne de Vassivière, qu'on n'a jamais entendu dire qu'aucun de ceux qui ont eu recours à vous, ait été abandonné. Animé d'une pareille confiance, et prosterné à vos pieds, je viens vous implorer de nouveau, ô N.-D. de Vassivière ; protégez-moi de cette main que votre divin Fils a rendue si puissante ; entendez mes supplications, et exaucez mes demandes. Faites-moi la grâce d'être toujours fidèle aux enseignements de votre divin Fils, afin qu'après avoir observé ses commandements dans cette vie, j'aie le bonheur de le posséder pendant toute l'éternité. Ainsi soit-il.

BREF DU 29 JUIN 1877

par le Pape Pie IX

Indulgence plénière un jour chaque année au choix des fidèles qui visiteront le Sanctuaire de Vassivière, dans le temps que la Statue de la B. V. y est exposée.

Indulgence plénière aux fêtes de :

La Visitation ou le dimanche qui suit,

N.-D. des Prodiges, 9 juillet,

N.-D. du Mont-Carmel, 16 juillet,

Sainte-Anne, mère de la B. V. 26 juillet,

Assomption de la B. V.

Saint Joachim, père de la B. V.

Le dimanche qui suit la fête de saint Louis, roi de France, 25 août.

Nativité de la B. V. et le dimanche dans l'octave, fête du saint nom de Marie.

Le dimanche qui suit le 21 septembre, jour de la Translation de la Statue de Vassivière à Besse.

Indulgence plénière, un jour chaque année, au choix des fidèles qui viendront en pèlerinage à l'église paroissiale de Besse dans le temps que la Statue y est exposée, dans l'église de Besse.

Indulgence plénière aux fêtes de l'Immaculée-Conception, de la Présentation, de la Purification et de l'Annonciation de la B. V. M., et le vendredi de la semaine de la Passion.

Indulgence de 100 jours pour tous les fidèles chaque fois qu'ils visiteront le sanctuaire de Vassivière ou l'église de Besse dans le temps que la Statue y est exposée, et y prieront aux intentions du Souverain-Pontife.

Indulgence de 7 ans et 7 quarantaines à tous les fidèles qui accompagneront dévotement la Statue de N.-D. de Vassivière dans sa translation soit à Vassivière soit à Besse.

Indulgence de 7 ans et 7 quarantaines à tous les fidèles qui visiteront, le premier samedi du mois, l'église de Besse et la Statue de N.-D. de Vassivière dans le temps où elle y est exposée.

N. B. Toutes ces indulgences sont applicables aux âmes du Purgatoire, et elles ont été accordées à perpétuité.

· APPENDICE

___

VASSIVIÈRE, CENTRE D'EXCURSIONS

Par sa position, sur un des contreforts des Monts Dores et au milieu de la région des lacs, Vassivière est un centre d'excursions intéressantes au point de vue touristique et botanique.

1º *Le Pic de Sancy* (alt. 1886^m).

L'ascension classique de Vassivière est celle du Sancy. Un touriste peut y monter en 1 h. $\frac{1}{2}$; si on manque d'entraînement, il faut 2 heures. Prendre, à la Chapeloune, l'ancien chemin de Latour jusqu'au ruisseau — La Clamouze — monter tout droit jusqu'aux éboulis, les suivre en les laissant à gauche. Arrivé à la « Peyra dou Segnadou », à l'endroit où l'on cesse d'apercevoir la Chapelle, on trouve le sentier, tracé par les soins du Club Alpin, en 1897. Au col de Croix (en patois « le Coué », dont on a fait le col de Couhay: au col du col), une plaque du T.C.F. indique la direction à prendre. Le sentier monte à droite sur le flanc Sud du Puy de la Perdrix, contourne au Sud et à l'Ouest le Puy Ferrand, en passant par le col du Puy Gros, et atteint le col de Sancy (1795^m).

En juillet, en août, on trouve encore de la glace dans les ravines du Ferrand. Vu de ce sentier, le Puy de Pailharet a une curieuse forme de sphynx accroupi.

Du col du Sancy, l'ascension se fait en un quart d'heure sur l'arête Est et par un sentier qui laisse beaucoup à désirer. Vue magnifique. Une table d'orientation dressée par M. le capitaine Servagnat-Sarciron, et exécutée par les soins du T.C.F., donne toutes les explications voulues.

Florule : *Ranunculus Lecoqui Bor., Alsine verna Barth., Soldanella alpina* L., *Gentiana verna B. alata* G., *Dianthus cæsius Smith, Saxifraga bryoides L., Mcum mutellina Gœrtn, Erigeron alpinus L., Hieracium pullatum, Phyteuma spicatum L., Euphrasia hirtella, Polygonum viviparum L., Poa sudetica, alpina L., Festuca spadicea montisaurei, duriuscula, var. hirsuta, Botrychium Lunaria, Lycopodium Selago L.*

Les Bains du Mont-Dore. — La Bourboule

Du Sancy aux Bains du Mont-Dore, par le sentier et la route, il y a 7 kilomètres. On laisse à gauche la cascade de la Dore, le Val d'Enfer, le Vallon de la Cour ; à droite, le

Messe en plein air   (Cl. abbé GUITHARD).

Puy Ferrand, le Pan de la Grange, le Puy Cacadogne, dans les bois, la cascade du Serpent, le Roc du Cuzeau ; en arrivant au Mont-Dore, à gauche, le Pic du Capucin ; à droite, la Grande Cascade. La ville du Mont-Dore (1040^m), 2.000 habitants, est remarquable par son Etablissement Thermal, (fermé de midi à 2 heures) et par des vestiges de constructions romaines dans l'Etablissement et le Parc. Nombreuses sour-

10

ces : Source Bardon, 45° ; Bains de César, 44°. Elle est fréquentée par une clientèle grandissante de baigneurs : 15 à 16.000.

A 6 kilomètres, en chemin de fer, La Bourboule (800ᵐ), 2.000 habitants. Etablissement thermal intéressant. Ville gaie, ouverte ; à peu près le même nombre de baigneurs qu'au Mont-Dore.

On peut aller au Mont-Dore par les crêtes E. ou les crêtes O. Par les crêtes Est, descendre vers le col du Sancy, prendre le sentier qui laisse le Pan de la Grange, à gauche. On est tantôt sur la pente de la Vallée de Chaudefour, tantôt sur celle des Bains. Vue magnifique. On traverse la coulée du Cuzeau, sous la *Tête de Chat*, pour atteindre le ruisseau de la Grande Cascade. Descendre par l'escalier à rampe qui se trouve au Sud.

Flore : *Cardamine resedifolia* var. *integrifolia* Lec. au Cacadogne. *Orobus tuberosus* L., *Saxifraga exarata, Vill; Vaccinium Vitis Idoca* L., pente Nord du Cuzeau. Cirsium *Erisithales* var. *roseum* sous la grande cascade.

Pour aller au Mont-Dore, par les crêtes Ouest, il faut prendre le sentier qui descend à l'Ouest du Sancy et suit les arêtes du Val d'Enfer. Très curieux au point de vue botanique. Outre les espèces déjà signalées pour le Sancy, on peut indiquer :

Trifolium arvernense, Saxifaga variés....

On peut descendre très facilement par le vallon de la Cour, ou bien contourner le même vallon à l'ouest en dominant le plateau de Latour-d'Auvergne, descendre les pentes du Cliergue et le Capucin. On arrive par le funiculaire ou les lacets.

3° *Le Puy Ferrand* (1846ᵐ)

On peut y aller directement de Vassivière en montant le long du premier ruisseau que l'on rencontre après le col de La Croix. Mais, en venant du Sancy, on doit prendre le sentier qui est en face. Par sa masse, par sa situation, le Puy Ferrand est le nœud des Monts Dores ; par son altitude, il est à 40 mètres au-dessous du Sancy, mais il a plus de 400 mètres de long de sa cime Ouest à sa cime Est. De ses flancs ou de ses contreforts immédiats, sourdent la Dordogne et ses principaux affluents : la Clamouze et la Trentaine, et les Couzes du Chambon et du Pavin, affluents de l'Allier. Vue magnifique sur le cirque de Chaudefour et le Lac Pavin.

Flore rare : *Lycopodium alpinum* L. *Selago* L. *Jasione humilis* Pers. *Carex curvula* All. *Vaginata* Tausch. *Salix herbacea. Saxifraga. Poa abbreviata* Gillot, etc.

Du Ferrand, descendre au col de La Perdrix et aller rejoindre au col de la Croix le sentier de Vassivière ; ou mieux, suivre le sentier qui laisse à droite la crête du Puy de la Perdrix jusqu'au-dessus de la Plaine des Moutons, puis aller rejoindre le sentier par les éboulis du Pailharet, ou dans le cirque de la Biche, le chemin sous bois qui mène à Vassivière Dans la ravine, qui descend de la Perdrix à Chaudefour :

Achilloea pyrenaica; au vallon suivant : *Salix Lapponum-phylicifolia* du Dr Gillot.

4° *Le Puy Pailharet* (1775^m)

Par sa hauteur au-dessus de Vassivière, et par sa masse, il est très imposant. Son flanc est longé par trois terrasses superposées. La première à l'Est est bordée par des éboulis énormes ; elle est intéressante au point de vue botanique :

Plusieurs *rosa. Scilla bifolia* au printemps, *Geum montanum. Sorbus chamaespilus. Plantago alpina.*

La seconde est couverte de bruyères et de pelouses ; elle retient peu l'attention. La troisième, qui s'élève très haut, a une flore qui est très curieuse :

Rosa pimpinellifolia, Hieracium cerinthoides, Thalictrum Delarbroei. Sorbus chamæspilus. De superbes *anemone sulfurea.*

Le sommet est un grand plateau horizontal, où un gazon rude dissimule à peine la roche, plus ou moins désagrégée. On peut l'aborder, soit par l'ouverture qui se trouve à l'Est, à quelque distance du sommet, soit par le col de la Croix.

5° *Bois de la Biche*

De Vassivière, prendre le chemin qui contourne la ferme au Nord et descend vers les ruisselets qui sont tributaires de la Clamouse. Le ruisseau qui sort de l'extrémité Ouest du bois, prend sa source dans une narsse qui est couverte du *carex chordorrhiza*. La plaine marécageuse est intéressante par ses *Joncées, ses Carex, ses Salix hybrides* :

Salix Lapponum, cinerea, aurita, phylicifolia, pentandra, repens, repens aurita, Laponum aurita, aurita Laponum, phylicifolia aurita, etc.

Le chemin traverse, derrière la ferme de la Biche, un ruisseau qui forme une belle cascade de 14 mètres. Dans le bois, on trouve :

Le *Sonchus plumieri, mulgedium alpinum, streptopus amplexifolius*.

Ce bois contient des hêtres, quelques sapins, des tilleuls, des platanes, des sorbiers. Il est malheureusement livré à un pillage qui amènera vite sa disparition. Au-dessus du bois, la Couze se précipite en une cascade de 36 mètres. Le bruyant ruisseau que l'on trouve quelques cent mètres plus loin, sort brusquement d'une source magnifique, peut-être la plus belle de tous les Monts Dores. A partir de cette source, le chemin domine à droite le bois de la Biche, s'élève peu à peu et arrive à

6° *La plaine des Moutons* (1460ᵐ)

On désigne ainsi le plateau triangulaire qui a son sommet au Puy de la Perdrix, et sa base, du Puy de Chambourguet à celui de La Platte. Son étendue (un millier d'hectares), sa nudité, pas un arbre, pas de rochers, son altitude, de 12 à

1.500 mètres, lui font, en hiver et en temps de brouillard, un renom d'épouvante. L'usage du ski en a rendu l'accès, non seulement possible, mais agréable. C'est le plus beau champ d'exercices que l'on puisse trouver, et le passage naturel et facile pour accéder au Ferrand et au Mont-Dore.

Le gazon qui couvre cette plaine est composé surtout de :

Nardurus et du *nardus stricta*.

7° *Cirque de Chaudefour* (1200ᵐ)

On laisse à droite, la ferme de la Plaine des Moutons et le Puy de la Platte, dont les flancs désolés attestent la violence de l'incendie, qui, en 1906, brûla jusqu'au sous-sol la terre végétale. Auprès d'un rocher appelé la Pierre de la Fourme, on trouve un chemin qui descend la pente Est du ravin de Peyrusse, et mène à travers bois, jusqu'à la nouvelle route de Chaudefour. A gauche, cascade de Peyrusse. On arrive à la source Santini, où fut élevé le premier chalet de la vallée. Depuis 1907, surgit rapidement une station climatérique, à l'entrée du cirque le plus grandiose de la région.

A droite, les flancs escarpés du Puy de la Taillade, à mi-hauteur, on aperçoit une arche naturelle appelée le Portail. En allant au fond du cirque, on trouve, à droite, le merveilleux Dyke : la pierre de la Rancune ; à côté, la Crête de Coq. Ce coin est intéressant par sa flore : *Carlina Nebrodensis*, etc.... La haute muraille grise de la Crête de Coq, renvoie un bel écho ; on trouve ensuite une petite ravine qui descend du Cacadogne ; c'est au-delà, sur une pente boisée, puis gazonnée, que l'on fait l'ascension longue, mais sans danger, qui mène au Cocadogne et au Sancy. Plus loin, la Couze descend, par une jolie cascade, du ravin qui sépare le Ferrand du Pan de la Grange.

Au-delà de la Couze, en poursuivant le tour du cirque, on est saisi par la majesté du Ferrand, qui se dresse à plus de 600 mètres, et dont les flancs déchirés présentent des dykes superbes : l'Aiguiller, le Clocher.

La flore, au-dessus des bois, est vigoureuse et intéressante :

Lonicera alpigena L., *Bupleurum longifolium* L., *Carduus personatus* Jacq., *Erigeron alpinus* L., plusieurs *Sempervivum*, plusieurs *Orobanches* sur *adenostyles*, *Cirsium*, *Erisi-*

thales, etc., *Carlina nebrodensis, Hieracium aurantiacum, H. glanduliferum, Campanula latifolia, Acer, pseudoplatanus, Tilia, Luzula desvauxii* Kunth. *Streptopus amplexifolius*, etc.

Les pentes du Ferrand, comme celles de la Perdrix, ou de la Plaine des Moutons, sont sillonnées par de nombreux ruisselets qui brillent au soleil. L'un d'eux tombe en pluie d'une quarantaine de mètres.

Ce cirque de Chaudefour est curieux et, malgré son ouverture au Nord, assez abrité. Néanmoins, les remous du vent y sont quelquefois redoutables. Pendant l'hiver de 1908-09, un coup de vent a balayé sur une trentaine de mètres de large une forêt de hêtres qui avaient de 30 à 40 centimètres de diamètre. La plupart avaient été emportés, avec leurs racines, à plus de 200 mètres.

De Chaudefour, ou de la Plaine des Moutons, on peut aller au Lac Chambon, au Château de Murols, à Saint-Nectaire.

8° *Puy de Chambourguet* (1520^m)

Au N.-E. de Vassivière, se dresse le sommet carré du Puy de Chambourguet. On l'atteint, soit en suivant le chemin de la Plaine des Moutons, long, mais facile et agréable, soit plus rapidement, en laissant ce chemin avant d'arriver aux narsses. On franchit la Couze, puis, après avoir suivi quelque temps l'ancien chemin de St-Victor, on tourne à gauche, vers le buron, où l'on trouve un sentier qui mène à la Plaine et qui permet d'aborder par le N. le sommet de la montagne. C'est un rocher de basalte phonolithe. Son sommet est couronné par une dépression qui semble un cratère. En 1909, on y a dressé une croix colossale en fer. Vue superbe, surtout sur le Pavin. On y trouve :

Le *Cotoneaster, Empetrum nigrum. Lilium martagon. Rosa pimpinellifolia, alpina. Sempervivum*, etc.

9° *Lac Pavin* (1192^m)

Avec l'ascension du Sancy, la visite du Lac Pavin s'impose d'autant plus qu'il n'est qu'à 2 kilomètres de la Baraque de Vassivière. Quand on est arrivé à la première ferme sur la route, Le Gelat, on suit le sentier qui longe le déversoir du Pavin et l'on a la surprise d'arriver brusquement en face du lac. Lac circulaire, de 43 hectares, occupe un cratère d'explosion suivant les hypothèses encore reçues. Sa profondeur atteint 92 mètres. Il est entouré de falaises boisées de 50 à 100 mètres de hauteur. Un sentier permet d'en faire facilement le tour.

Dans l'eau, la *Potamogeton praelongus. Fontinalis arvenica.* Sous bois, bon nombre de *Hieracium,* etc.

10° *Besse* (1040ᵐ)

Du Gelat, continuer la route qui mène à Besse. 4 kilomètres. Vieille ville, qui avait, en 1270, sa charte communale. Enceinte fortifiée, élevée au xiiie siècle. Il en reste quelques vestiges. Porte du Beffroi (1440), remarquable par sa structure et la toiture en plomb de la lanterne. Au xvie siècle, elle fait partie du douaire de Catherine de Médicis, et se transforme suivant le goût de l'époque. Presque toutes les maisons sont rebâties en style Renaissance, voir surtout l'escalier de la reine Margot, la rue de la Boucherie, le Château. L'église, monument historique, a été remaniée à diverses époques. Le transept, la grande nef, les deux nefs collatérales, sont du xie siècle. Le chœur, du xvie, a été rebâti au xixe. Au Sud, quatre chapelle ont été construites au xviie. Celles du Nord sont du xviiie. Enfin, la chapelle absidale et le clocher datent du xixe siècle.

Curieux chapiteaux. Curieuses boiseries du chœur. Examiner les miséricordes qui représentent les divers corps de métiers.

Aux environs de Besse, cascades des Chilosas, Marmites de Géants ; à 8 kilomètres, Grottes de Jaunat ou Jonas.

11° *Puy de Montchal* (1440ᵐ)

Si l'on prend à droite le sentier qui contourne le Pavin, on trouve, après avoir passé une source et des éboulis, un sentier qui, par divers lacets, s'élève au-dessus du Lac. On peut arriver en demi-heure au Cratère du Puy Montchal. Gravir la crête la plus haute. Vue magnifique sur les Monts du Forez, du Velay, Cézallier, Cantal, Monts Dores, Monts Dômes. Descendre directement à l'Ouest pour aller à Vassivière.

12° *Le Creux de Soucy* (1275ᵐ)

De la Baraque de Vassivière, prendre le sentier en face ; il mène dans un curieux terrain volcanique semé de mamelons et de creux. Quelques-uns de ces creux, petits cratères, contiennent de l'eau. Le creux de Soucy est à une trentaine de mètres, à gauche du sentier, quand on a un monticule élevé, *rocheux* et boisé à sa droite.

C'est un cratère profond, d'une dizaine de mètres, au fond duquel s'ouvre un orifice de 12 à 15 mètres carrés, protégé par une balustrade. A 20 mètres au-dessous, on aperçoit une nappe d'eau. Sous l'ouverture, un cône de neige qui atteignait encore 4 mètres de hauteur en novembre 1908. Le lac souterrain a 10 mètres de profondeur, 50 mètres de diamètre. La température est 4°. Pas de poissons. Pas d'acide carbonique. La glace n'y fond qu'en juillet. Les eaux s'écoulent probablement au Sud-Est par les sources de La Liste.

Du Creux du Soucy, on parvient au Lac Pavin, par les allées du bois d'Épicéas. On peut aller aussi au Lac de Bourdouze en continuant directement le sentier qui vient de Vassivière. Dans les narsses de ce lac :

Oxycoccus palustris. Andromeda polyfolia. Cicuta virosa. Scheuchzeria palustris. Nombreux *Carex. Nuphar luteum,* sur la rive Nord, le vent du Sud pousse des quantités d'*Isoetes.*

13° *Lac et Cratères de Montcineyre* (1330ᵐ)

On peut aller au Lac de Montcineyre par le sentier qui mène au Creux de Soucy et, au-delà, suivre à droite le second chemin que l'on trouve. Il passe entre le lac et les cratères.

Le lac, en forme de croissant, entoure à l'Ouest le volcan, 38 hectares. Il est divisé en deux poches ou deux volcans, par une sorte de chaussée que l'on aperçoit sous 2 ou 3 mètres d'eau. Celui du Sud atteint, paraît-il, 60 mètres de profondeur. Actuellement, il n'a plus de déversoir apparent. Ses infiltrations doivent alimenter les merveilleuses sources de Chauméane. Châlet-Hôtel de M. Martin.

Suivre le chemin qui passe entre le lac et le volcan ; arrivé à l'extrémité du lac, prendre le premier chemin à gauche, qui va jusqu'au sommet. Le quart Sud-Est de la montagne s'est effondré ; on trouve au fond deux jolis cratères (25^m de profondeur), qui ne sont séparés que par une chaussée. Au sommet, un cratère allongé. La coulée de lave s'étend jusqu'à 9 kilomètres dans la vallée de Compains. De là, les gorges de Courgoul et Issoire.

14° *Marais de Lescarot*

De la Baraque de Vassivière, suivre à droite la route d'Egliseneuve. On rencontre, à gauche, l'extrémité d'une des coulées de lave de Montchal. A quelques mètres au-delà, source ferrugineuse. A droite, le long du ruisseau, qui est au-dessous de la ferme, on trouve :

Le *Narthecium ossifragum* en quantité. *Ligularia sibirica, Lycopodium clavatum. Epipactis palustris. Utricularia minor.*

15° *Lac de Chambedaze*

Au-delà de la ferme de Lescarot, prendre un chemin qui monte à la plaine de la Bannie. Aller droit au Puy du Coucudou, le laisser à gauche. Sentier qui mène à Brion. Au pied du Coucudou, narsses où abonde : *Epipactis palustris.*

Suivre le chemin de Brion, à gauche, ou à travers les tourbières ; prendre garde aux trous profonds d'où l'on a extrait la tourbe. Ce lac a dû être le plus vaste de la région, si l'on en juge par les tourbières qui l'entourent et qui l'envahissent peu à peu. Il n'a que 5 hectares d'étendue et quelques mètres de profondeur. Il est extrêmement vaseux, et aussi très poissonneux. Son déversoir et ses bords disparaissent sous un tapis mouvant d'herbes entrelacées, qui fléchit sous les pas. Il est bon d'être prudent.

Pour l'aborder, suivre la rive droite du déversoir, on y trouve :

Le *Nuphar pumilum. Alisma natans. Utricularia, major. Cicuta virosa. Scheuchzeria palustris. Carex cordorrhiza. Carex limosa. Epipactis palustris. Ligularia sibirica,* etc.

En laissant le pic de la Vaysse à gauche, on domine l'étang de la Faye, et, passant par les Hiverats et le Cros de Joran, on peut monter à La Godivelle voir ses lacs, de là, au Césallier.

16° *Vallée de la Clamouse*

La route qui passe à la Baraque de Vassivière, suit la Vallée de la Clamouse jusqu'à Condat, cascades nombreuses. Celle d'Entraigues est très intéressante. La Vallée est très pittoresque à partir de Chanterelle. A Condat, la Clamouse s'appelle la Rhue ; magnifique vallée jusqu'à Bort. De Condat, on peut, par Lugarde, aller au Claux et au Puy Mary.

17° *Lac Chauvet* (1166^m)

De Vassivière, suivre le sentier qui court sur la pente Ouest de Puy Merle, traverser la Clamouse, suivre la route de Picherande jusqu'au milieu des arbres, on arrive au-dessus du lac Chauvet. 53 hectares, 64 mètres de profondeur. Cratère comme le Pavin, comme le lac Montcineyre. *Littorella lacustris, Isoetes.*

Si l'on monte au Bois-Noir, qui domine le lac Chauvet, au Sud, on aperçoit le lac de la Landie, le lac des Esclauses, Ce dernier est couvert de nombreux îlots.

18° *Ravel*

Du déversoir du lac Chauvet, rejoindre à droite la route de Picherande. Prés-bois, bois intéressants. On laisse à gauche la route de St-Genès-Champespe qui mène aux lacs de la Landie, des Esclauses ; à gauche, et en descendant à Bort, aux lacs de Laspialade et la Crégut. Après avoir passé le ruisseau, à droite s'élève le rocher de Ravel, en superbes prismes basaltiques. Son sommet porte encore quelques vestiges de l'ancien château-fort. Petite source qui n'avait pas tari même en 1906. C'était le siège d'une châtellenie connue sous le nom de Besse et Ravel, dépendant de la famille de Latour d'Auvergne.

1 kilomètre plus haut, Picherande, vieille église, naïfs chapiteaux à l'extérieur de l'abside. Route sur Latour, La Bourboule, le Mont-Dore.

19° *Les Barthes*

On désigne ainsi les fermes et les montagnes qui sont au Sud-Ouest de Vassivière. Seules, les tourbières offrent quelque intérêt au point de vue scientifique. Elles sont immenses, puisqu'elles commencent à la ferme de la Barthe pour aller jusqu'à la route de Picherande.

Dans les maigres pins qui poussent encore, on trouve :

La *Scheuchzeria palustris*, les *carex limosa*.
Le *Lycopodium inundatum*.

20° *La vallée supérieure de la Trentaine*

Pour l'atteindre, on peut suivre l'ancien chemin de Latour qui passe au-dessus de la Geneste et tourne tous les vallons par leur sommet ; on peut aussi traverser le plateau à l'Ouest de Vassivière et suivre le chemin qui traverse les bois de la Morangie. On trouve à droite le ravin de la Montagne-Haute, qui est peu abordable. Vers la sortie des bois, il y a des collines de boues glaciaires où brillent de superbes cristaux de feldspath. Le cours de la Trentaine n'est intéressant que sur une centaine de mètres. C'est l'endroit où la vallée se creuse brusquement et la rivière se précipite en une série de cascades très belles. Au-dessus de ces cascades, le lit du ruisseau court sur une roche polie où se trouvent de nombreuses marmites de géants. En amont, des sources minérales, La Font-Salée. — La vallée, semée de rochers épars, portés par des glaciers d'autrefois, s'ouvre en plein Midi, nue à l'Ouest et au Nord, boisée seulement à l'Est sur les pentes de Puy-Gros. — La vue sur le Sancy, les arêtes du Val d'Enfer, est impressionnante.

Enfin, l'on peut combiner plusieurs de ces excursions dans la même promenade.

Si l'on a une journée, il est facile d'aller au Sancy et au Mont-Dore. Aller par les crêtes, revenir par la route et le sentier.

Il faut aussi une petite journée si l'on veut voir à loisir la vallée de Chaudefour.

Les autres excursions peuvent se faire en quatre ou cinq heures :

Le Sancy, le Ferrand, la Perdrix.

Le creux de Soucy et le Pavin, ou vice-versâ.

Le creux de Soucy, le Montchal ou le Pavin, ou vice versâ.

Le creux de Soucy et le lac de Bourdouze.

Le creux de Soucy et le lac Montcineyre.

Les marais de Lescarot et le lac Chambedaze.

Le lac Chauvet et le château de Ravel.

Besse et le lac Pavin.

Chaudefour, le lac Chambon, Murols et Saint-Nectaire exigeraient deux journées avec retour par les grottes de Jaunat, Besse et le Pavin.

ERRAT

A l'autorisation :

> « *Die 1° Februarii.* »
>
> « *Dic 2° Februarii.* »

Page 9. — 5 lignes avant la fin « *Saudinos.* »

Page 61. — 2ᵉ avant-dernière ligne répétée.

Page 78. — Sous la gravure « *Cérémonie du Couronnement 3 juillet 1881.* »

Page 97. — « *Bois du Soucy.* »

TABLE DES MATIÈRES

CLERMONT. IMP. MODERNE. A. DUMONT, DIR. 15, RUE DU PORT